ICARAHY

ICARAHY

LIVIA GARCIA-ROZA

Copyright © 2022 Livia Garcia-Roza

Editor
Rodrigo de Faria e Silva

Revisão
Luiz Henrique Moreira Soares

Diagramação
Luyse Costa

Capa
J.R. Penteado

Imagem da Capa
Trampolim de Icarahy, construído em 1936, cartão-postal de Niterói até a década de 1960. Autor: desconhecido

 FARIA E SILVA Editora
Rua Oliveira Dias, 330 | Cj. 31 | Jardim Paulista
São Paulo | SP | CEP 01433-030
contato@fariaesilva.com.br
www.fariaesilva.com.br

À memória de meus irmãos

Notícia

Não mais sabemos do barco
mas há sempre um náufrago:
um que sobrevive
ao barco e a si mesmo
para talhar na rocha
a solidão.

(Orides Fontela, In: *Transposição*, 1969)

Oitenta anos essa noite. Oitenta. E ainda estou no planeta. Na última e decisiva instância. O último movimento do tempo. Não tenho certeza de coisa alguma, apenas que estou viva. E pensar que quando minha mãe fez quarenta anos eu tive pena dela... Passei o dia observando-a, aguardando o pranto. E ela, impassível. Um cisne. Já a perdi há tantos anos, e mamãe continua inteira na lembrança. Mãe é imperdível. Continua aqui, lá, além, no céu dos sonhos – nos antigos gritos. Queria tanto encontrá-la numa esquina, mesmo que estivesse apressada para um ensaio. Mamãe!, eu diria, que saudades, há quanto tempo não nos vemos... Você está tão bonita... (tanta vontade de perguntar se ainda se lembrava de mim...). Aí, ela diria que estava atrasada para o ensaio com a orquestra, e eu a veria caminhando de costas, em seu vestido leve, seus passos apressados, levando partituras no braço, sua bolsa ventava, e ela sumiria por entre nuvens. Outra vez. Na verdade, tenho pensado muito nos meus familiares, na minha família de origem. Há vinte e cinco anos sem a presença plena de meu pai. Há dez anos sem ouvir a harpa de minha mãe. Há dezenove anos sem o silêncio de meu irmão. É muito. Às vezes, é tudo. No entanto, a vida prossegue.

    Perder demanda um grande esforço. Vida, sem chance de regresso, de respiro, de reparo, quando súbito cessa o torvelinho e há calma no infinito. Quando meu pai dizia que a vida era curta, e mamãe, que era um sopro, e minha avó, salve-nos, Senhor!, eu só pensava na minha infância, farta e bela. Hoje sinto medo dessa urgência, dessa presteza infinita, dessa fúria que nos ameaça com a carência dos dias. Nisso tudo, estou fazendo oitenta anos. Uma coisa muito forte para uma pessoa da minha idade. Vou interromper um momento para tomar providências. É bom pôr o prosseco na parte de cima da geladeira. Pra ficar bem geladinho. Não sei onde coloquei o batom novo... A cor que há tempos procurava. Estava aqui a minha frente, forte, terrosa, acabada. Acabada não é uma boa palavra para essa noite. Espero amigos; farei uma reunião íntima com os que restaram. Há pouco tivemos um raio de sol na sala. Já era tarde. Que tarde. Vou subir as persianas e abrir as janelas. Deixar entrar a brisa fresca. As folhas da amendoeira em frente se agitam. Janela é uma palavra linda, quando se abre nos dá o mundo.

Desde que os meus se foram – e foram-se todos –, ficamos, meu marido e eu. Um casal idoso de intelectuais. Somos ainda duas pessoas. Felizes, entre outras coisas. Ele já não é mais o mesmo (mas eu também não devo ser), cada dia mais esquecido, mas teima em fazer as mesmas coisas. Pegar metrô, ir à cidade, ficar sozinho em seu escritório, o que é uma temeridade... Não sossego enquanto ele não volta. Enquanto não escuto a chave girar na porta e ele entrar. Sem contar que meu marido esquece as chaves, as luzes acesas, a porta de casa destrancada; me preocupo muito, mas não há o que fazer e muito menos o que dizer. Não me escuta, e se me escutasse, não me atenderia. Quando ele se deita, vou dar uma espiada na casa, ver se está tudo em ordem. Mudei muito. Me tornei uma pessoa atenta às menores coisas, mas sempre que posso relaxo, retorno a minha forma antiga de viver, distraída. Distraída estou viva; atenta, sobrevivo. Sigo as borboletas, que não sabem para onde vão. É certo o imprevisto. Calculem que há dias, de relance, me vi numa jovem. Atravessava a rua fora do sinal, levando duas crianças pelas mãos; caminhava a passos rápidos, decididos, desviando dos carros. Andava como se ouvisse música, ou como se estivesse em meio a uma ventania. Uma estampa, como diziam: viçosa, alegre, flamboyante... A jovem que me escapa, que sempre me escapou.

Após a rapidez e a bagunça dos vinte anos, vem o susto dos trinta anos, quando nos acostumamos a eles, vem a crise dos quarenta, o espanto dos cinquenta, o saudosismo dos sessenta, o baque dos setenta e finalmente atingimos os oitenta anos, quando todos os tempos se reúnem formando um único tempo, a que chamamos vida.

O problema, contudo, não é envelhecer, mas sim continuar envelhecendo; embora tenhamos de nós mesmos uma imagem que não sofre a ação do tempo. Uma imagem interiorizada, a-histórica. Que nos assegura e nos atrapalha enormemente. Continuo a ter ideias, acredito que ainda contemplem um certo vigor como também algum frescor. Me preocupam ideias murchas, batidas, repetindo cantilenas... Enfim, continuo escrevendo (o ganho maior é fazer da vida uma boa história), apesar de saber que agora o tempo é curto, escasso, reduzido. Um galho curvo e seco. Isso agora é o tempo. Uma lacuna aqui, outra ali, todavia pensemos que as palavras estão preservadas, apenas não lembram o caminho de volta. A velhice revela a alma. Meio criança, meio sabida, e muito, muito assustada. E não há quem envelheça bem. Velhice não é um bem. É o empobrecimento do corpo. Enfrentamento duro, muitas vezes cruel. Da velhice, só espero que não doa. É melhor dar uma pausa.

Me esperei durante longos anos, mas nunca se chega completamente. O tempo não se aquieta. Não nos dá tempo. Uma amiga não conseguiu estrear a bolsa nova. Estava tão contente com a aquisição... Os amigos, de modo geral, estão um caco (como diria meu pai), uns não saem mais de casa, outros caminham amparados, outros, ainda, se arrastam. Outro dia divisei uma delas, na rua, caminhando sozinha, se agarrando aos prédios, lembrava uma cena de *Madre Joana dos Anjos*, um filme antigo. Uma cena inesquecível. Sem contar as terríveis e insidiosas moléstias da velhice. Salvam-se poucos. Enfim, farei uma pequena reunião para um grupo reduzido de pessoas. Amigos de longa data; os que puderem vir, naturalmente. Nada mais saudável do que a reciprocidade nos afetos. Espero que a conversa não gire unicamente sobre filhos e netos, suas alegrias e danações. Falas que se dobram sobre elas mesmas. Que se repetem infindavelmente. Um vício que ninguém se dá conta. "Non ne posso più". "Nel blu dipinto di blu"? Uma filha já esteve aqui à tarde, com as netas. Lindas, lindas e queridas. Minhas netas são as minhas sianinhas, meu acabamento – me enfeitam. Lanchamos juntas, as quatro. Durante o lanche eu me perguntava silenciosa: onde estão as meninas?... A outra filha está viajando, agora deve estar no sul da Sicília. Imagino que deva ser uma bela região. Além de estar assistindo a teatro nas praças, outra grande beleza. E eu brindarei a essa noite – apagarei a luz das velas e acenderei a luz dos sonhos. Não há vigília que se compare. A acompanhante aqui está. Ela e a diarista. Não gostaria de me preocupar em dia de aniversário. Me esfalfar. Sei que me canso. Meu Deus, oitenta anos! Ascendentes não há mais, foram-se todos. Alegres em suas festas, distraídos, contentes. O marido, invariavelmente, se deita antes de mim. E não é mal ficar a sós. Depois de algum tempo a subjetividade se encontra mais elaborada, mais complexa, de tal modo sentimos necessidade de nos voltarmos para nós mesmos como um chamamento próprio. Vejam vocês: outro dia, estava lendo na sala, depois de uma manhã exaustiva, quando a faxineira entra e diz: a senhora está tão sozinha, né? E seus olhos marejaram. Uma cena insólita vai se desdobrar, pensei. E não tem a ver comigo, sou apenas o gancho para uma história triste. Então ela sacou da mãe e toda sua triste história de desvelamento e dor. As lágrimas pulavam no tapete da sala. Escutei, disse uma coisa ou outra, e foi-se o clima de leitura. Fim da tarde e do humor. Querem nos tirar até o direito à solidão. Porém, voltando à noite de hoje, julguei por bem permanecer no meu ritmo. E já andei dando as minhas talagadinhas... Quieta, sem muitos pensamentos. Pensar dói, aflige, e não resulta. Acaso me sobrevenha alguma ideia, ínfima que seja, tratarei de bani-la. Procurarei me ater à serenidade que é alcançar essa idade. Inacreditáveis oitenta anos. Todavia quero crer que pertençam a minha avó. Ela se foi e os deixou como herança. Maldita. Contudo, face ao turbilhão devastador, ainda me encontro razoável, disposta, gozando de boa saúde. Sigamos em frente. A televisão ficou ligada. Tenho dois aparelhos, um na sala e o outro no quarto. O que vejo?... Um vídeo sobre a Bardot? Sim, é ela mesma! Brigitte Bardot. Que fez nosso cabelo, nosso jeito, nosso peito, nossas bocas, que rodou nossas saias, nosso tempo, nossa praia. Está uma velhinha...

Cheguei no futuro faz bom tempo. Na bagagem, meus livros, poucas fotos, e muita saudade. O futuro é o mestre de cerimônias, se apresenta e desaparece. As cenas se sucedem, umas após as outras. (O leão sempre pode escapar da jaula). E os personagens, tontos, em busca de um caminho. Da interpretação correta da vida. Mas não há. O que há é essa ensandecida e santa procura.

É bom que eu me apresente. Meu nome acho que todos conhecem. Sigamos adiante. Nasci e moro no Rio de Janeiro. Até os vinte e três anos morei em Niterói, Icaraí. Passei boa parte da vida atravessando a baía de Guanabara. Íntima dos botos. Estou no terceiro casamento, sou mãe de duas filhas, avó de duas netas e bisavó de um bisneto americano. Fui mãe aos dezoito anos, avó aos quarenta e quatro anos e bisavó ano passado. Cedo, a vida me arregalou os olhos. Sou psicóloga e psicanalista de formação e escritora de coração. Amor é algo que se pode sublimar. Desejo não. Antes de ingressar na vida acadêmica, trabalhei também como funcionária pública e como atriz. Mas, falava em casamentos. Às vezes me assusto por ter me casado tanto, mas foram poucos namoros e três casamentos. A vida é tão difícil que precisamos atravessá-la em dupla. O primeiro marido me deu a manhã, as flores, as filhas, minha maior e melhor alegria. Com o segundo, veio o sol, de repente. Música e cores. Estrelas e palmas. Chamas. Poesia. E o terceiro foi aquele que me deu a mão e me fez conhecer a moderação. A calma no seio da emoção. O peito do silêncio. A lentidão dos afetos. A natureza da alma. Foi o meu mais duradouro relacionamento. Para ser exata: quarenta e quatro anos de vida em comum, sem pausa. (Segredo: para manter uma união estável, conquiste sua solidão. O tempo fará o restante do trabalho. Alegria também ajuda. E música, sempre ela, a fazer a vida mais bela). Tivemos bons e maus momentos como sói acontecer às relações que se perpetuam no tempo. Meu marido foi meu amor impossível. Sério, circunspecto, vez ou outra sentia vontade de se comunicar, então lhe vinham tiradas, rasgos repentinos. Era dono de um raciocínio ágil e brilhante. Foi professor de psicologia e filosofia, e durante toda a sua vida acadêmica deu aulas, orientou teses e publicou livros teóricos. Antes mesmo de se aposentar, começou a escrever novelas policiais que obtiveram grande sucesso. Mesmo com bastante idade continua escrevendo. E lendo. Tem um temperamento difícil, é calado, taciturno, mas volta e meia se contenta consigo próprio, orgulhoso de sua competência e brilho. Faltou-lhe ternura, a grande ausente na nossa relação. Mesmo faltando o que pra mim sempre foi tão valioso – não há quem não tenha uma furtiva lágrima –, foi excelente marido. Correto, atento, obsequioso e cumpridor dos deveres, assim é Luiz Alfredo, um homem correto, digno, probo.

Moro no Flamengo, nessa cidade de Deus nas alturas, rendida, atrás de grades e câmeras por todo lado. Não sei como ainda estou viva... talvez por ter procurado me ocupar. E dedicar ao sentimento todo o meu tempo. Escutar música clássica e viver cercada de livros. Tenho prazer em adquiri-los, acompanhar as novidades literárias; gosto também de receber amigos e, embora não o tenha, de cuidar de jardim. Velhinhas inglesas devem ser felizes no quesito flores e afins. E me aborreço muitíssimo com o verão. No Rio é uma brutalidade. Vem vindo um helicóptero. Esperemos que ele passe com o estardalhaço de sempre. E pensar que existem pessoas que moram próximas a um campo de pouso... O atormentador já se foi, felizmente. Bem, moramos num apartamento herdado de meus pais, numa rua antiga do Rio, já não tão agradável como antes. Estou na mesma sala onde fui uma jovem barulhenta, impulsiva e desmedida, hoje convertida numa senhora ponderada, lúcida e mansa. O tempo, redutor das grandes coisas.

Voltemos aos oitenta. Ainda tenho boa disposição, bom humor, riso fácil, me divirto com facilidade, e procuro me fazer uma boa companhia, que é o que está ao meu alcance. Sou bastante recreativa. Cheguei bem até aqui. Tive meus dissabores, e não foram poucos. Mas tenho bom temperamento. Tenho uma alegria de base. Continuo respirando a vida. É o quanto basta. Vez ou outra, sinto uma dor ou desconforto, a mais frequente é a crise de coluna, decorrente de uma queda nas pedras portuguesas, que fazem um levante onde quer que se encontrem nas ruas – o corolário dos oitenta. Hoje gostaria de ter ido ao cabeleireiro dar um corte no cabelo, como também de tingi-lo, fazer as unhas, embora tenha feito há pouco tempo. Com Rosa. E aqui vale abrir um parênteses para falar de Rosa. Rosa é uma senhora simples, de gestos lentos, fala suave e olhar manso. É boa de se admirar. Dela, soube que, além de manicure, é casada, tem um casal de filhos, e um neto de quatro anos que é grande em seu coração. Família é tão bom, Rosa diz. E ela, mulher humilde, toma café em copo, e baixa os olhos quando fala, e quase pede por favor pra pegar em nossas mãos. Rosa lê livros que encontra pelo chão no caminho para o trabalho. Não tem tempo pra novela. Com que delicadeza, finura e trato ela cuida de minhas mãos. Às vezes a vida é grata. Obrigada, Rosa. No mundo atual, você é mesmo o esplendor de uma flor. Certas pessoas entram na alma. Fecha parênteses. Já que não vou fazer uma festa, desisti de ir ao salão. A noite está escura e morna. Indícios que o verão se aproxima. A bafos largos. O marido está tirando um cochilo. Estou sozinha nessa imensidão calada. Sentada na cadeira de balanço onde embalei minhas filhas e onde também fui embalada, taça de prosseco na mão; brindei à vida, não só em agradecimento, como também pela superação das experiências difíceis, que foram muitas. Aprendemos tudo nessa vida, mas o aprendizado mais difícil é o do envelhecimento. Nos tornarmos humanos. Aceitarmos os limites, a "dependência", a perda de um corpo com o qual convivemos durante anos, a invisibilidade alheia, a saudade (e são tantas!), a dor, a agonia, e o final de uma vida que, se não foi boa, teve muitos momentos alegres. Santé!

Manhã sem sol e sem nuvens. Dentro do Chevrolet Belair de minha mãe, ela, a avó, meus irmãos, minhas filhas pequenas e eu, fazíamos a travessia para o Rio. Para trás, deixamos a turbulenta casa da Lopes Trovão, em Icaraí. A infância. Os cachorros foram distribuídos entre os próximos e as bicicletas vendidas por uma ninharia, e tudo valia tanto... Rumávamos para uma vida nova. O tempo fechava suas portas. O mundo tornava-se adulto. A balsa se arrastava nas águas mansas da Guanabara rumo à aquarela brilhante que emoldurava nossa praia de Icaraí. Os botos, antes grandes companheiros de travessia, devem ter migrado para águas mais salutares. Ao redor, um silêncio úmido. Vez ou outra vinha o sol em flechadas de luz. Navegar é puro sentido.

Eu era jovem quando nos mudamos para o Rio no início da década de 1960. Para ser exata, tinha vinte e dois anos. Mas havia me casado e desse breve casamento nasceram minhas duas filhas. (Já tinha acelerado a minha história, me atrapalhado o suficiente). Me casei grávida aos dezessete anos do primeiro namorado e me separei aos dezenove anos. Lembro que dentro do carro que me conduziria à igreja, vestida de noiva, estávamos, meu pai e eu; súbito, ele diz: na esquina da praia, se o carro dobrar à esquerda, vamos para a igreja e você vai se casar, caso contrário, não.

Decida o que deseja fazer, minha filha. Seu pai garante. Esse era o meu pai.

Viemos morar na idílica Copacabana, que ainda era a princesinha do mar. O Rio dessa época não tinha perdido seu encanto, seu glamour. A praia de areias limpas e águas transparentes era o melhor programa. Sem contar o Hotel Copacabana, um monumento na orla da avenida Atlântica, que hospedou reis, príncipes, imperadores e artistas do mundo todo. Frequentei muito a piscina do Copa – namorei um rapaz que lá se hospedava (um flerte, na verdade) – quando as meninas eram pequenas. Elas aproveitaram bastante aquelas águas azuis. Nos mudamos para um bom apartamento, amplo, duas salas, uma varanda, quatro quartos, mas numa localização ruidosa. Meu pai não contava com isso. Nos ressentimos do barulho, saímos de uma grande casa na bucólica Icaraí e fomos parar na turbulenta Copacabana, esquina de Constante Ramos com a avenida Copacabana. Third floor. O guarda apitava dentro de nossa casa. Diversas vezes papai quis descer e interpelar o sujeito. Mas foi contido por mamãe. No apartamento: meus pais, meus irmãos, a avó, minhas filhas, a babá e eu. Um senhor elenco. Na época, eu trabalhava em meio expediente na Caixa Econômica Federal de Niterói, emprego que meu pai tinha arranjado para mim e também para meus irmãos, em setores diferentes da Caixa (queria segurança para os filhos, e dizia que a Caixa Econômica era uma mãe); embora eu tivesse feito um curso de datilografia que tinha me dado um diploma (tenho ele até hoje) e que me habilitara a trabalhar. Conseguia usar todos os dedos na máquina de escrever. Uma maravilha o texto correndo, as letras voando certinhas no papel a minha frente. Fiquei tão feliz que queria me empregar como datilógrafa profissional e comprar coisas para as crianças. Mas fui parar na Caixa Econômica com o cargo de conferente (era eu quem conferia os cheques e dava o aval para o pagamento. Apesar de ter feito um curso para o exercício da função, calculem o risco).

Numa quinta-feira, eu chegava do trabalho, cansada, e acabava de girar a chave na porta de casa quando meu nome soou alto na sala. Havia urgência na voz de minha mãe. Num sobressalto, eu estava no corredor diante do meu irmão numa quase nudez; calças de pijama sustentadas pelos ossos da bacia, descalço, agitado e com o olhar desorientado. Mamãe, meu outro irmão e a empregada tentavam contê-lo. Que instante medonho era aquele? Num relâmpago lembrei de ter escutado que havia dias esse irmão não saía do quarto e nem se alimentava. O que está acontecendo com você, Rodí?, disse, frente a frente com ele. Seu olhar embaralhado me atravessou. Insisti na pergunta. Ele, então, com um movimento repentino, soltou um dos braços, e com a mão fechada atingiu meu rosto.

Pouco depois, após ter sido sedado por enfermeiros que entraram céleres em nossa casa, ele foi internado. Luli, meu outro irmão, conduziu a cadeira de rodas até à ambulância estacionada na parte de baixo do prédio. Mamãe e eu fomos para a janela que ficava no terceiro andar até a ambulância desaparecer de vista; quando então eu a abracei e assim ficamos, em desespero mudo. Segundos depois ela se afastou dizendo que ia separar roupas do meu irmão para levá-las no dia seguinte ao hospital. Meu pai não conseguiu chegar a tempo. E felizmente as meninas estavam no colégio. Fui para o quarto e desabei na cama. Luli, chorando, com as mãos cobrindo o rosto, entrou em seguida. Se passasse um anjo eu faria sinal para ele.

O acontecimento desestruturou-nos sem piedade.

Antes de prosseguir com a história, vamos à beleza dos começos. A infância é o nosso primeiro sopro, o primeiro azul, depois a vida vem e levanta voo. Nasci na casa de meus avós maternos, no Rio de Janeiro, pelas mãos de meu avô paterno, que era parteiro (como ele se autodenominava), numa rua tranquila no bairro do Flamengo arborizada por palmeiras-imperiais. Desde então tenho vida própria, embora desse tempo nada possa dizer, imersa que estava no silêncio dos começos. Tempo de uma vida onírica, habitado por imagens difusas e fugidias, que só ganharam configuração com o passar dos anos. Meus irmãos vieram ao mundo pouco depois, em Niterói. Passamos a primeira infância numa casa alta, remota – "um corpo fantasma" –, onde havia uma varandinha estreita e comprida que a ladeava e cadeiras de palhinha dispostas em sua extensão. Crescemos na provinciana Icaraí, em Niterói, que apesar da expansão ainda mantém o espírito do passado. Na nossa Riviera todos se conheciam. Éramos filhos, netos, sobrinhos de fulanos ou sicranos. O que valia era o sobrenome. Icaraí era um bairro de casas e quintais. A nossa era uma casa antiga, de dois andares, grande e ensolarada. No quintal havia muitas árvores: mangueira, sapotizeiro, caramboleira e uma paineira, que em vão minha mãe esperava que florescesse. A casa situava-se a uma quadra da praia, e na altura da rua divisava-se o trampolim no mar; uma construção de concreto armado como um pássaro de braços abertos sobre nós. Durante muito tempo não retornei a Icaraí, tampouco a Niterói, porém em recente visita à rua descobri que o muro que separava nossa casa da casa do vizinho continuava o mesmo.

Nosso pai era um homem alto, forte, corpulento, advogado e rotariano (chegou à presidência do Rotary Internacional). Mamãe era harpista e mãe, e isso bastava. E nós, os filhos. Uma "escadinha", segundo ela, se referindo a diferença de um ano de idade entre nós. Essa era a família. A nossa família. Papai, quando bem-humorado, a chamava de "família repinica". Os familiares pelo lado paterno quase sempre estavam conosco, faziam parte do nosso cotidiano. Moravam no Rio, mas logo se mudaram para Niterói, próximo a nós. Já a família de mamãe era um grande clã, sólido, formal, religioso, do qual se orgulhavam. Frequentavam a igreja presbiteriana e nos encontrávamos nas datas, sobretudo no dia de Natal quando cada membro era saudado ao som de "vivas". Mamãe também frequentava a igreja presbiteriana, porém em Niterói. Aos domingos, quando menina, ela queria que eu a acompanhasse ao culto, mas eu dizia que queria ir à praia. Deus vai ficar contente que você vá. Dizia. Deus vai ficar muito mais contente se eu for à praia, eu respondia, mas ia à igreja. Todos, juntos, ao redor da cruz, prontos, firmes, escutai sua voz... Louvadas sejam as ondas que perdi.

Várias vezes fui ao Sanatório Botafogo onde meu irmão foi internado. Algumas para participar de reuniões de família, outras a pedido de meus pais, e outras ainda por moto próprio. Queria vê-lo, acompanhar de perto o que estava acontecendo com ele. Todavia eu dispunha de pouco tempo na época, tinha as meninas, trabalhava fora e estava namorando. Logo na primeira visita o médico diagnosticou meu irmão: esquizofrenia. A palavra gritou no meu ouvido. Eu sabia do que (não) se tratava. Na família paterna houvera um caso desse martírio. Claros indícios do que nos aguardava. Evitamos os olhares uns dos outros e fomos, meus pais e eu, ao encontro de Rodí. Um fio de esperança comandava os passos. De vocês três, seu irmão é o mais ajuizado. (Era verdade. Meu irmão era a esperança da família). O que traz mais alegrias. Inteligente, estudioso, aplicado. Há de ter um futuro brilhante. Meu pai dizia enquanto subíamos os degraus. E lá estava meu irmão deambulando dentro de um quarto gradeado; ausente de si mesmo, esquivo, vago. Conversamos evitando os gestos e modelando as palavras, temendo que a qualquer uma delas se rompesse o tênue fio que o prendia a nós. Mesmo com todo o receio, e com os olhos arregalados de meus pais, na saída, eu disse: esquecemos de te dizer que hoje é o último dia do ano, Rodí, não se assuste com o barulho dos fogos. Este ano violento, que tirou você de casa inesperadamente, termina. Não sei o que esperar, quer dizer, sei, que você se recupere e possa voltar pra casa. Não sei mais o que te dizer. Estou conversando com você mas não sei se você me escuta, acho também que ninguém sabe, então falo, digo que te amo, e que estamos todos a seu lado. Haja o que houver você será para sempre aquele irmão bonito, sério, elegante, que um dia dançou comigo a valsa dos meus quinze anos.

Algo me dizia que o mal alojara-se para sempre no coração de nossa família.

Antes de me casar e ser mãe, também andei bordejando a loucura, dando trabalho com a história das minhas paixões. Tive uma fixação fortíssima num rapaz que eu via passar de bicicleta na praia de Icaraí. Não sabia se tinha sido a luz do dia, uma marola a mais no mar, ou uma gaivota desorientada, só sabia que passara a existir outra em mim. Bastante tumultuada. Louca, talvez. Bastava divisar o rapaz ao longe para segui-lo num furor contínuo, furando sinais, cruzando canteiros, pedalando, destemida, a ele e a sua bicicleta azul brilhante. Persegui-o por longos anos. Contava para as pessoas que encontrava que o amava, com a nada secreta esperança que lhe chegasse aos ouvidos, porém o correio não trabalha com pombos transtornados. Papai comentou que eu andava doentia. Bastante. Atingida por uma paixão jamais sentida. Mais velho cinco anos do que eu, Paulo, pobre Paulo, era paciente com as minhas investidas – meu desespero – que não foram poucas. Tinha mirado logo nele: tímido, esquivo, introvertido, se esgueirando claudicante pelas ruas... Meu amor mancava. Paulo morava na Praia das Flechas, mas eu eliminava a distância a pedaladas, tal qual uma borboleta me esbatendo ruas afora. A busca se eternizava. Quase todo dia eu punha meu vestidinho transparente e ia passear de bicicleta em frente à faculdade onde ele trabalhava na secretaria, quando não lhe passava trotes, imitando vozes. Uma vez deitei na calçada em frente à casa dele, de olhos fechados, com um buquê de flores na mão. Pouco depois senti alguém tentar me cobrir com um lençol, mas meu impossível namorado chegava naquele instante, e me levantando dali, entrou em casa. É doloroso alguém de quem gostamos ser apenas correto conosco. O amor pede mais do que correção, ou pede diferente disso. Caí tanto em mim que me machuquei. O destino me dizia não. Eu, surda, prosseguia na perseguição. A última vez que o vi, Paulo mergulhava na praia de Icaraí. Teria feito a travessia a nado? Passado algum tempo, soube que ele tinha ido morar no Rio com os pais. Mas meu pai também atravessou a baía a nado duas vezes, numa competição. Acompanhado por golfinhos, como ele contava. E foi campeão de water polo. Tem fotos dessas proezas aquáticas.

 Em seguida a essa duradoura investida, me apaixonei outra vez. Por um rapaz que apenas vislumbrei. Bastou um lampejo de visão para instalar-se uma perturbação em mim. Daquele dia em diante, meu desvario passou a ter um nome francês. Me tornaria eu uma Lolita tropical? Ele também era mais velho e não eram apenas cinco anos; me havia sido apresentado num evento no qual minha mãe era uma das organizadoras. E lá estava a minha segunda paixão caminhando imponente tal qual um cavalo de raça. Também habitava as "Flechas." Como tinha índio em Niterói... Naquele tempo, além da atividade de musicista, mamãe exercia atividades beneficentes. E como sentia prazer em exercê-la. Quanta bondade. Parecia ter se compromissado com ela. A festa que o conheci era um desfile de misses. Época das polegadas. Dias depois desse evento descobri o telefone dele e liguei; o rapaz estranhou, mas foi gentil; educado, melhor dito. Efeito do telefonema: três dias de cama. Devastada pela paixão. Uma agonia sem precedentes. Tornei-me uma espécie de Adèle H. de província. Ansiava também por um vestido de época. Vivia um sentimento grandioso, esvaindo-me num sofrimento explícito, absoluto, escrevendo compulsivamente cartas e mais cartas para ele – tal qual Adèle –, que jamais endereçei, mas que passaram a cobrir meu corpo de amor. Volta e meia mamãe aparecia no meu quarto. Numa das vezes mandou que eu me levantasse, fizesse a cama e tomasse banho. E me entregou flores e um bilhete de meu pai:

"Filha querida, ando triste por ver você evanescente. Mando-lhe flores para que façam desabrochar um sorriso flutuante no regato dos seus lábios. Com amor, seu pai."

Apesar das tentativas deles, continuei em cena. Mamãe me havia pedido três coisas impossíveis durante aqueles dias. Numa de suas entradas no quarto, me entregou uma Bíblia. Minha incansável mãe tanto sublimou que atingiu o "si mesma" via escala musical. Mamãe não entendia que sofrer era me tornar mulher. Papai dizia que eu tinha um talento raro.

Devia aproveitá-lo no palco. Ser uma Sarah Bernhardt. Não sei onde nem quando me salvei de mim e também não lembro quanto tempo estive acamada, porém, passado o tempo do fervor, me levantei pálida, fraca, trôpega, lânguida. Esqueci o francês e o seu trote. Não tivemos a cena final, em que eu passaria enlouquecida e não o reconheceria. Faltava-me o traje de época. Apesar de eu ter pedido à mamãe, ela não entendeu e, caso tivesse entendido, não atenderia. Até de mães amigas é difícil ser filha. Tempos depois, avistei o francês – que jamais foi meu –, andando de costas em direção às Barcas. Um belo homem. Me lembrou meu pai.

Mais uma vez estávamos no Sanatório. Ansiosos; em busca de palavras. Delas recebemos a luz de todas as coisas. A singeleza da esperança. O osso da verdade. O silêncio mais profundo. Onde estaria o médico? A ordem era aguardar. O sanatório situava-se num terreno em ladeira, ocupando uma grande área, e dividia-se em pavilhões; em seu centro havia um jardim repleto de galhos retorcidos e secos. Nada brotava num lugar como aquele... Jovens deambulavam gesticulando, falando sozinhos, ou em mutismo aterrador. Onde estaria o Luli, que nunca nos acompanhava? Ele, que sempre andara atrás de Rodí? Não entrava em casa que não perguntasse por ele. Volta e meia eu esquecia que o Luli tinha começado a trabalhar. Papai se orgulhava de ter arranjado emprego para os três filhos. Uma moça pálida, rodava em círculo, vestida de Branca de Neve. Um rapaz a seu lado se dizia Jesus Cristo. Outro, deitado no chão e enrolado num lençol, fitava o teto.

Todos atingidos pela loucura. Em outro mundo. A pior doença é a do pensamento. Naquele dia, encontramos meu irmão ainda mais distante – como se fosse possível –, num silêncio pétreo. Mas onde andava a cantilena bíblica de mamãe que dizia, não temerias mal algum porque o Senhor está conosco? O olhar de Rodí babava. E se eu dissesse Silver, o nome do cavalo do Zorro, meu irmão retornaria a galope?

Minha mãe era musicista, harpista. Talhada para o instrumento, segundo meu pai. Passava horas e horas tocando. A harpa era uma escultura viva no centro de nossa sala e ainda tocava. Às vezes mamãe parecia gostar mais da harpa do que de nós. Talvez porque cordas ela conseguisse afinar. A harpa aconteceu por acaso na vida de minha mãe. Seu pai, quando estudante de medicina ouviu harpa pela primeira vez e encantou-se com a sonoridade e a suavidade do instrumento. Então a partir daquele dia passou a acalentar o sonho de vir a ter uma filha harpista. Ao se casar, decidiu que sua primeira filha aprenderia a tocar o instrumento. Tendo sido a primeira filha a nascer, minha mãe foi a escolhida, estreando aos nove anos de idade, e com oito meses de estudo se apresentou em um teatro. Daí em diante tocava todos os dias; dizia que não podia perder a técnica. A escolha do repertório dependia dos acontecimentos na nossa casa. Quase sempre recaía sobre a Ave-Maria, numa tentativa de nos acalmar, sobretudo a papai, que se exasperava com as menores coisas. Bastava não encontrar o pente que deixava a casa em polvorosa. Saía aos brados do quarto. Muitas vezes o vizinho abriu a janela de sua casa assustado com o alarido. Até a empregada ficava nervosa. Ouvíamos o bater de panelas. Era o momento que mamãe interrompia o que estivesse tocando para atendê--lo. Mamãe era uma mulher paciente, serena, reservada, comedida – educada. Jamais a tínhamos visto se descontrolar. Motivos não lhe faltaram, mas tivera uma educação rígida, austera, prezava a contenção. Não sei o que seria dela se não fosse a harpa... Salva pelas cordas, certamente.

Ana e meu irmão Rodí eram namorados desde o tempo que morávamos em Icaraí. Todos gostávamos dela. Ana era bonita, delicada, e falava pouco e baixo. Contrastava com o espírito da família, com a exaltação familiar. Ela soube da internação de meu irmão por mamãe, e lá estava no quarto dele, esfregando as mãos uma na outra, trêmula, olhando para Rodí num mutismo absoluto, intransponível, enclausurado nele mesmo. Nem com ela ele falava. Papai cogitou de Rodí estar com problemas na fala... Meu pai. Um dia, logo que nos mudamos para o Rio, meu irmão perguntou se eu não me cansava de ver sempre as mesmas pessoas. No apartamento, a cada vez que ele abria uma das portas deparava-se com um de nós, dissera. Atingira o limite do suportável, coitado. Seria a crise uma resposta ao excesso de presença familiar? Comentei com o psiquiatra em uma de nossas muitas reuniões. Ele se limitou a balançar a cabeça.

Naquela época tínhamos vinte anos e isso absolve a todos nós. E morávamos em Icaraí, nossa Riviera. Com a mudança, o abalo foi grande. Meu irmão não suportou. Largar um lugar paradisíaco, e cair em plena metrópole, desestrutura qualquer um. Eu ignorava os sonhos dos meus irmãos; Luli contava os deles, mas eram tantos que nenhum se fixou na minha memória, e o meu sonho, o maior deles, era me tornar atriz. A luz, o texto, o palco, as flores! Um dia, num dos nossos almoços de domingo, comentei sobre o meu desejo de entrar para o teatro. A avó disse que conhecia um "homem de teatro", filho de uma de suas inúmeras amigas. Dias depois fui apresentada a ele, que sugeriu que eu me matriculasse no curso de teatro do Tablado. Achava que eu iria gostar. Segui seu conselho. O curso era nos finais de semana. Fiquei feliz em poder frequentar e, principalmente, em levar minhas filhas. No pátio do Tablado havia um escorrega e um balanço, além de um barzinho com refrigerantes e sanduíches. Senti uma alegria enorme naqueles primeiros passos no Tablado. Desde pegar o ônibus com as crianças até entrar naquela casa esquinada e espaçosa no Jardim Botânico. Lá encontrei um ambiente acolhedor e alegre, de jovens como eu, apaixonados pelo palco. O teatro representou a minha libertação. Como é bom lembrar de todas essas coisas... Flori no palco do Tablado; ali vivi uma história feliz. Talvez o palco, com seus limites físicos, funcione como um enquadramento possível da loucura, seja o último bastião da desordem desagregadora. Talvez. No término do curso, Maria Clara, a diretora, professora, dramaturga, mestra não só em transmitir a experiência como em lidar com o material humano, me convidou para participar da remontagem da peça *Pluft, o fantasminha*, de sua autoria, no papel de Mamãe Fantasma. Assim estreei. Pisei no palco pela primeira vez e no próprio movimento escutei minha voz. Experiência inesquecível. O teatro foi importante não só para mim, como acredito que também tenha sido um bom momento para as minhas filhas – momento teatrinho e pipoca –, além de o Tablado ter representado um bálsamo naqueles tempos dolorosos que atravessávamos em família. Sem contar que corria o sombrio ano do golpe militar.

Ficamos felizes, embora temerosos, quando Rodí teve alta e voltou para casa. A partir daquela primeira crise passou a existir uma tensão permanente no ar; pairava uma atmosfera pesada, que exigia vigilância constante. Uma agonia. Eu me preocupava com os efeitos que o ambiente podia ter sobre as minhas filhas. Tanto, que fui à casa do meu tio psicanalista conversar com ele. Ele, como sempre, me tranquilizou, dizendo que minhas filhas não sofreriam apenas a influência familiar. Havia a escola, os professores, os amigos, etc. Porém, mesmo com sua ponderação, continuei a achar impossível que a situação tensa que vivíamos não afetasse as meninas. Em casa, com o passar dos dias, meu irmão dormia, ou se movimentava irrequieto de um lado ao outro do apartamento, oculto nele mesmo. Tentávamos aparentar normalidade, porém nada mais perturbador do que a presença da loucura. Mamãe não reclamava porque para ela bastava ver um filho andando dentro de casa, e meu pai passava os dias em seu escritório na cidade. Contudo, meu irmão estava mais calmo. Foi-se o furor, o acesso repentino, nada deixando em seu lugar. Em seu rosto, ausência total de expressão, e o movimento repetitivo de suas andanças gerava um incômodo permanente dentro de casa. Nessa doença nada se cria, tudo se repete infindavelmente. Mas nada dizíamos. E quem tinha coragem de reclamar? Ana aparecia nos fins de semana, ele então sossegava; passava as tardes deitado no sofá da sala com a cabeça no colo dela.

Encerrada a temporada de *Pluft*, fui novamente convidada a atuar. Desta vez para interpretar Titânia, a rainha das fadas, em *Sonho de uma noite de verão*, de William Shakespeare. Me percorreu uma lufada de alegria e medo. Estaria preparada para enfrentar o desafio? Um papel que fora interpretado pelas grandes atrizes? Saí do teatro com o texto da peça nas mãos, decidida a voltar a consultar o "homem de teatro". Fui encontrá-lo. Ele era bem mais velho do que eu. Quase um velho mesmo. Um sujeito nervoso, cheio de tiques, que se sentia injustiçado pelo meio, amargurado pelo não reconhecimento dos pares. Tinha de fato conhecimento teatral, mas era desequilibrado. Dizia que sabia Shakespeare de cor de ponta a ponta. E naquele dia, cheio de gestos, recitou, quase aos gritos, um trecho inteiro de *Macbeth*, e antes que continuasse – Shakespeare tem uma obra imensa –, pedi para ler o papel da Titânia. E li até a última página. Durante a minha récita, numa cena estranhíssima, ele repetia com expressões faciais o que eu dizia... E no final da leitura, levantou-se subitamente e gritou: bravo! Me assustei com o grito, lembro que tremeliquei. Embora apavorada, saí confiante do nosso encontro. E segui em frente.

No dia seguinte, eu tomava café da manhã apressada para ir para o trabalho, quando a soturna figura da avó apareceu. Estávamos sozinhas na sala, ela e eu. Era desconfortável a sua presença. Ela não gostava de mim. Talvez por eu ser filha de meu pai, a quem ela desejava monopolizar com sua avidez afetiva, sua concupiscência materna. Mães podem ser terríveis. Eu já havia posto as meninas na condução da escola e meus pais tinham saído para o trabalho. Em casa, apenas nós e meu irmão, que dormia. Sigamos a cena da avó contra a neta odiada. Postando-se a meu lado, a avó perguntou qual o nome artístico que eu pretendia usar no teatro. Respondi que poria o sobrenome do meu pai – ou seja, o dela. Mal acabei de falar, tomada por uma fúria absoluta ela disse que eu ia macular (macular) o nome da família depois do meu pai ter construído um sobrenome digno e respeitável. E zelado durante toda a vida por ele. Quanto esforço por água abaixo... Ela continuava. Me levantei, dizendo que estava atrasada para o trabalho. E fora ela a arranjar o contato entre o filho de sua amiga, o "homem de teatro" e eu... "A mão que afaga é a mesma que apedreja." Estava rodeada por loucura e fúria.

Inesquecível entrar em cena como Titânia, a "rainha das fadas", num cenário iluminado por Napoleão Muniz Freire, com figurino de Kalma Murtinho e adereços dos magos da época, Marie Louise e Dirceu Nery; acompanhada de atrizes representando fadinhas e elfos, ao som da harpa de minha mãe (que havia gravado uma fita para o espetáculo), com direção do maestro Edino Krieger. Nada é comparável a estar no palco, em cena, e pressentir a plateia na escuridão. Eu era finalmente escutada. O lugar onde me senti mais viva. Onde celebrei minha vida. Com casa lotada e a presença dos principais nomes do teatro brasileiro na plateia, o espetáculo fez muito sucesso. Tivemos belas críticas e outros convites se seguiram a este, porém, apesar de tudo que aconteceu, nesse meio tempo eu havia conhecido um ator pelo qual me apaixonara e com quem queria me casar. Celebrar o amor. Encerrei minha curta carreira, mas, de certa forma, nunca deixei o teatro. O sonho. O fascínio daqueles momentos. Permaneceu frondosa, a quimera.

Num dos jantares em família, aproveitando que estávamos juntos à mesa, anunciei que iria me casar. Silêncio absoluto. Nenhuma pergunta. Nada. Rumor apenas de talheres e de mastigação. Mamãe levantou os olhos do prato e me olhou interrogativa. Ouviu, mamãe?, eu disse. Felicidades, ela respondeu, e voltou seu olhar para o prato. Rodí ocupava o pensamento de todos. O sentimento de todos. Não havia escuta para as suavidades do amor. Para as coisas boas. Para as alegrias da vida. E eu querendo construir um futuro para mim e para as minhas filhas... Era o que ia dizer, mas não havia com quem partilhar.

Rodí tinha desaparecido de casa. Ninguém o tinha visto sair. Nem o Luli? Para onde teria ido? Fugira? A empregada não sabia informar. Desci para falar com o porteiro, que também não sabia. Ou se calou por medo da síndica, que despede fácil. Despediu até um general, com quem vivia. Inútil fazer perguntas. Assim que mamãe chegou das compras ligou para meu pai que estava no trabalho. Papai disse que Rodí fora espairecer. Sempre se livrando das emoções... Mesmo assim voltou cedo pra casa. Logo ao chegar o telefone tocou e ele atendeu o Coronel do Corpo de Bombeiros de Niterói avisando que Rodí estava lá desde cedo correndo de um lado a outro, acionando sirenes, despencando em cordas e nenhum dos bombeiros até então tinha conseguido pegá-lo. Depois de telefonemas rápidos, papai saiu. Mamãe, que tinha que ir para a Escola de Música, ficou em casa aguardando notícias. O dia custou a passar. Já era tarde, quando papai voltou; abatido e silencioso. Colarinho da camisa afrouxado, gravata entortada, paletó pendurado no braço – descomposto. Assim que entrou mamãe e ele foram para o quarto conversar. Depois ela foi à cozinha esquentar o prato dele e papai voltou à sala, sentou-se à mesa, puxou o lenço do bolso e tapou os olhos. Chorava. Meu pai chorava. Deixara Rodí no Sanatório.

No dia seguinte, mamãe e eu fomos ao Sanatório. Enquanto aguardávamos a ordem de subir, com os pacientes rondando a nossa volta, pedindo cigarros, como sempre, mamãe contou que havia conversado com a Ana, namorada de Rodí, aconselhando-a a que se afastasse do meu irmão porque ele estava muito doente e não conseguiria levar o namoro adiante. Ela era jovem, bonita, e não lhe faltariam pretendentes. Disse tudo isso rodando a aliança no dedo. Em seguida, silenciou. O que esperava que eu dissesse? Terminando o namoro pelo meu irmão? Com que direito? Como minha mãe agia assim?... Entendi, claro, mesmo assim gritei dentro de mim.

E meu irmão perguntou por Ana o resto da vida.

A data do meu casamento se aproximava. A igreja ortodoxa russa foi a única a aceitar celebrar o nosso casamento porque eu havia sido casada anteriormente. Ridículos, antiquados, conservadores, caretas, atrasados, retrógrados, bolorentos, caducos. Pronto, devidamente insultados. Decidi convidar meu irmão Rodí para entrar comigo na igreja; enquanto eu falava com ele papai fazia gestos frenéticos no fundo da sala, mamãe interrompeu o estudo da harpa para me olhar estupefata e a avó saiu porta afora embrulhada em seu xale bordô. Fechou a porta rezando. Todos apavorados com o fato de eu ter convidado meu irmão para entrar comigo na igreja. Teme-se a loucura mais do que a uma doença contagiosa.

No dia do casamento entrei de braço dado na igreja com meu irmão. Ele, firme, impecável, solene – comovente – me levou ao altar. Assim são as coisas. Às vezes podem dar certo.

E eu disse sim!
Ele também disse sim.
A gente não sabia que

ser feliz
– comer goiabada com queijo –,
era tão confuso
atrapalhado
viscoso, que
amar pode ser
duvidoso, cauteloso,
cheio de perdas e perdas
um dilúvio de
ganhos e ganhos,
que amar é apocalíptico, meu bem!

No dia da cerimônia, da bela cerimônia, toda cantada, havia um coroinha a nossa frente que balançava um turíbulo espalhando fumaça de incenso no altar; e, assim nos casamos e permanecemos, meu marido e eu, enevoados. Conto mais adiante. Meus pais e as meninas ficaram a meu lado no altar; me casei de mão dada com a minha filha caçula. Na igreja ortodoxa o celebrante é quem coloca as alianças nas mãos dos noivos, e isso é feito na mão direita, depois quem passa as alianças para a mão esquerda é o casal. Em seguida, os noivos dão três voltas em torno do altar, simbolizando a primeira caminhada, depois bebem do cálice comum, simbolizando a vida que terão dali em diante (É também um local de trabalho). Finda a cerimônia, viajamos por poucos dias. Depois de um fim de semana corrido de lua de mel (tínhamos que voltar ao trabalho), mamãe me esperava na soleira da porta do apartamento para me entregar as meninas como também panelas, travesseiros, brinquedos etc., dizendo que meu irmão tivera outra crise e ela não podia mais ficar com as crianças. Cumprir o combinado. Quase colapsei também.

Passado algum tempo, Rodí voltou pra casa. Mamãe ligou assim que ele chegou, dizendo que tinham ido buscá-lo na clínica, papai e ela. E que daquela vez ele estava num mutismo absoluto, no máximo, gesticulava, porém, se acalmara. Passaram a se conformar com a ausência de agitação. Já era muita coisa. O tempo se incumbe em baixar o nível de expectativa. O tempo nos tempera, dizia papai. No entanto, volta e meia meu irmão saía sem dizer para onde ia, mas sempre voltava. No telefonema seguinte, com voz aflita, mamãe contou que meu irmão se mudara. Sem deixar endereço. Papai não se preocupara porque Rodí continuava a receber o salário. E ele sempre fora bom pagador; um rapaz correto, responsável. Doença não afeta a dignidade de um homem. O caráter, uma vez formado, molda a personalidade de um ser humano. Disse tudo isso. O fato é que meu irmão sumiu. Levamos um tempo enorme sem notícias. Soubemos apenas, pelo porteiro, que ele continuava a morar nas redondezas. Grande consolo. Mamãe informou ao psiquiatra sobre o sumiço. Dias depois, meu pai, ainda que tranquilo, segundo ele próprio, quis dar parte à polícia, saber o paradeiro do filho, mas mamãe o impediu. A ordem médica era aguardar, observar, respeitar. Semanas se passaram sem que tivéssemos notícias até um dia à tarde um médico telefonar querendo falar com mamãe, mas não a encontrou em casa. E não quis deixar recado. Ficou de telefonar mais tarde. Durante o jantar, papai levantou hipóteses, especulou, teceu conjecturas. Terminado o jantar, o médico voltou a ligar. Era um otorrinolaringologista e havia operado Rodí da garganta. Correra tudo bem, porém ele disse lamentar que meu irmão fosse mudo. Era de nascença?, perguntou. Mamãe comentou sobre o telefonema e papai disse que o sujeito era um mentecapto. E assim meu irmão passou um ano e meio de sua vida, morando sozinho e sem dirigir a palavra a ninguém.

A loucura (terreno baldio) é sempre um outro caminho.

Subitamente Rodí reapareceu, rompeu o mutismo e voltou a ser uma pessoa, aparentemente "normal." Ou assim queríamos vê-lo. Precisávamos vê-lo. Recuperou a fala, embora continuasse a maior parte do tempo silencioso, como sempre o fora. Ninguém tem assegurado o domínio sobre si próprio, um resvalo e a coisa vai. Mas meu pai, entusiasmado, supondo que meu irmão tinha se curado, começou a pressioná-lo para que voltasse ao trabalho. Já havia tirado inúmeras licenças e temia que o exonerassem. Recebia um bom salário e não seria conveniente dispensá-lo. Ponderara todas essas coisas. Rodí nada disse, porém resistiu à ideia. Dias depois, diante da insistência de papai (pressão, melhor dito), meu irmão concordou e retornou ao trabalho. Durante esse período não se falava sobre o Luli e no que ele poderia andar fazendo. Rodí ocupava todo o cenário. De certa forma sempre fora o centro das atenções, o filho preferido, o mais velho. Com a volta à Caixa Econômica, Rodí saía cedo de casa todos os dias, de banho tomado, terno e gravata, em direção à Praça XV. Um rapaz como outros, no começo de sua vida profissional. A vida se normalizava. Tocava o seu rumo; papai comentava, satisfeito.

Minha vida andava tão agitada que eu mal tinha tempo de ir à casa de meus pais, mas mamãe telefonava quase todos os dias relatando os acontecimentos. Pouco tempo depois de Rodí ter retornado ao trabalho, ela ligou, nervosa, dizendo que tinham telefonado do trabalho dele querendo falar com meu pai com urgência. Ele estava no escritório e ela já o havia avisado, mas não sabia o que podia ter acontecido para que ele tivesse que ir ao trabalho de Rodí com tanta urgência. Tentei tranquilizá-la. Ela desligou e em seguida voltou a telefonar mais nervosa ainda, para contar que meu irmão havia tirado toda a roupa onde trabalhava e assim fora atender ao balcão. Um escândalo de proporções inimagináveis, queriam inclusive baixar a porta da agência e prendê-lo, que é como fazem com os que se desnudam publicamente. E daquela vez ele voltara a se tornar violento, desacatando as pessoas, tentando agredi-las, e teve de ser reconduzido ao sanatório. A ambulância já o havia levado – para se submeter a tratamento no último pavilhão. Não consegui saber qual tratamento porque ela já havia desligado. Atordoada, coitada. Quanto sofrimento... Em muitos momentos não há o que dizer. Na maioria deles.

Fui visitar meu irmão no inferno. No último pavilhão no alto do Sanatório de Botafogo. Sabe Deus o que significava; sem dúvida, um isolamento absoluto. Solitária asilar. Mas já não bastava o que ele vivia?... Logo que cheguei me mandaram aguardar num pequeno sofá puído de dois lugares. Me sentei, tentando pensar outras coisas, mas a todo momento era interrompida pela visão de trapos humanos errantes pelo corredor. Quanto horror... E eu, cansada, esgotada, acordava cedo todos os dias onde morávamos, na Gávea, e dali até a Praça XV era um estirão de ônibus, apesar de ter saído na véspera, à noite, com meu marido. Vivíamos uma relação desmedida, de dependência recíproca (a paixão é uma das formas que a loucura adota), eu trabalhava em Niterói, cuidava da casa, das meninas, dava atenção a meus pais, falhando sempre, de todas as formas, com todos, sobretudo com minhas filhas, que cresciam. Súbito, olhei para o fundo do corredor e meu irmão vinha de um outro mundo. Caminhava feito autômato, braços caídos ao longo do corpo, e um enfermeiro ao lado. Quando se aproximaram, me levantei para beijá-lo. Rodí estava em ossos, babava, frágil, trôpego, com movimentos desordenados. A que ponto reduzem uma pessoa... Chamam a isso de tratamento? Meus pais deram consentimento? Avalizaram essa violência? Antes que o enfermeiro se afastasse perguntei pelo médico. O doutor vai conversar com a senhora (senhora). Aguarde. Suporte. Socorro. Nos sentamos e meu irmão fez um gesto de quem queria fumar. Abri a bolsa – trêmula, de desespero – peguei o maço de cigarros e perguntei se ele queria que eu o acendesse. Balançou a cabeça afirmativamente. Entreguei o cigarro aceso em sua mão e fiquei aguardando. Mas ele não conseguiu segurá-lo. Foi-se a coordenação motora. O que nos põe de pé. Nos dá dignidade. Nos faz humanos. Fiquei levando o cigarro aceso a sua boca e a fumaça enevoava seu rosto. Aterrador. Essa doença é já a morte. Ele tinha vinte e um anos. Falhamos, todos. Não percebemos, no momento da crise, a importância da desordem, certamente ali havia um sentido, que não conseguimos identificar – suportar.

Briguei com meus pais exigindo que eles tirassem o quanto antes meu irmão daquele horror. Daquela tortura que insistiam em chamar de tratamento. Choques e mais impregnação. Eles ouviram em silêncio. Depois me arrependi por estar trazendo mais tristeza ainda para eles. Mas eu temia que doravante meu irmão nunca mais se recuperasse, se é que haveria chance. Caminhávamos às cegas, nós e os médicos, que tateiam as sombras perdidas dos pacientes. Não há caminho de volta quando se é atravessado pela loucura... Eu me sentia impotente, angustiada, frágil. Abalada. Até o dia em que cheguei à dolorosa conclusão que com a doença de Rodí eu havia perdido os meus pais. E ainda precisava deles. Perdidas estavam a alegria e a descontração do convívio com eles, os bons encontros; os dois se tornaram pessoas tensas e assustadas. Havia um sobressalto constante no ar. Uma atmosfera pesada. Jamais podíamos prever o momento seguinte. E quase sempre o que acontecia era grave, disruptivo. Foi nesse período, no final da década de 1960, que procurei análise pela primeira vez. Fui conversar com uma amiga. Conversar com amiga antiga é passear na própria história. No final do encontro, pedi que sua analista me indicasse um nome. E assim encontrei aquela que veio a ser minha primeira analista; uma moça que devia regular comigo em idade. Um grande alívio ter encontrado alguém que me escutasse. Chorei quase todo o tempo da primeira consulta. Escutar é um dom. Escutar e apenas acolher, é uma arte. Obrigada, R. À medida que as sessões prosseguiam, eu me sentia menos angustiada. Entretanto, o ganho certo teve vida curta. Quatro ou cinco meses após o início do tratamento, a analista disse que teria de se mudar do Rio para o interior do país acompanhando o marido que fora transferido do trabalho. Saí desorientada pelas ruas do Rio; nem sei como encontrei o caminho de volta pra casa. Embora a analista tenha indicado o nome de um outro analista a quem eu pudesse recorrer, passei um longo tempo vagando de consultório em consultório. Não me acertava com nenhum deles. Nesse período atordoante tive poucas notícias do que acontecia a meu irmão, na verdade, evitei-as, uma vez que eu também estava mal; soube apenas que abriram as portas do inferno e que ele tinha sido finalmente libertado, embora continuasse internado. Fim da danação. Torcia para que não o tivessem lesado.

Eu continuava no périplo de encontrar analista. Escrevia cartas e mais cartas para a minha antiga analista. Ela respondia e eu sentia um certo conforto, passageiro, para logo a angústia voltar.

"Livia,

acabei de ler seu cartão. Estava misturado com as coisas da mudança e quase eu não o teria lido. Ainda, como analista, não sinto liberdade de dizer o que acabei de sentir. Mas foi muito grande e triste. Sabe, Livia, em qualquer parte do mundo, a vida da gente é a mesma quando se consegue integridade interna. E a minha vida é a mesma da do Rio, mas, de repente, me chega um elo que eu deixei prematuramente. Quero saber como você está mais longamente. Fica difícil eu falar dos meus sentimentos quando não sei em que pé você está, pois ainda é mais importante o seu crescimento. Escreva-me. Um grande abraço."

Enquanto isso eu tentava encontrar alguém de quem eu gostasse e que me acolhesse. Tinha urgência em falar. Havia entrado num relacionamento estreito com a loucura. Me sentia atingida; a psicose não atinge apenas um membro da família, ela desestrutura a todos. Mina o pouco que o esforço conseguiu. Faz um estrago em grandes proporções. Mamãe contou que Luli tinha deixado o emprego, para desespero de papai. Ele, Luli, queria fazer outras coisas. Mas nem mesmo ele sabia que coisas eram essas. Vivia perdido e se metendo em encrencas. Também fora atingido, claro. Rodí continuava internado; inabordável, segundo o médico. E meus pais, embora tensos, cansados e sofridos, continuavam a vida deles de trabalho. Sentiam alegria com as netas e diziam que nós estávamos bem. Precisavam ver um dos filhos bem, entendi que fui a escolhida. Que carga. Mas me esforçava por corresponder. Meu marido e eu continuávamos nos controlando implacavelmente. (Fui melhor em ciúmes do que em vôlei. Não conseguia cortar). Nesse período ele começou a fazer novelas e a fazer sucesso nelas, além de continuar no teatro à noite. O sucesso desorientou-nos completamente. Lembro de um dia, que ele veio almoçar em casa – com a roupa do personagem da novela –, e mal sentou-se à mesa ouviu vozes de crianças chamando pelo nome de seu personagem. Ao ver meninos dependurados no peitoril de nossa janela (morávamos num primeiro andar), saiu incontinenti atrás dos meninos que correram rua afora, e eu corri atrás dele pedindo para que voltasse; todos desabalados pelo meio da rua; de repente, os garotos entraram dentro de um colégio; e nós, atrás; assim que a professora viu o personagem da novela, correu em direção a ele, levantou os braços e disse, animada: Venham (fazia sinal para outras crianças), venham! O Irmão Coragem veio visitar a escola!

O fato é que não conseguíamos ficar distantes um do outro, meu marido e eu. A neurose é uma exaustão. Eu vivia exaurida e cheia de sintomas. Minhas filhas se ressentiam, claro, e eu me sentia muito mal em não conseguir ser uma boa mãe para elas. A maternidade, com pai presente ou sem pai presente, é uma solidão infinita. Meu marido – pensando ser essa a solução dos problemas –, começou a insistir para que eu deixasse o emprego, ele estava ganhando bem e não havia razão para que eu me sacrificasse. Pensei muito antes de assinar a carta de demissão. Doravante me sobraria tempo. E sintomas.

"Livia,
Você deve ter ido ver S. Recebi suas duas cartas hoje. E estas cartas são um apelo enorme. E me dá a maior vontade de ser a mãe boa de verdade. Mas lembre-se que atrás de cada boa mãe existe a má, e eu a estou frustrando muito. E você está me idealizando muito e usando esta idealização contra você mesma, impedindo de retomar sua análise com S. de maneira favorável. Você não acha que está aparecendo uma nova faceta de sua resistência? Você se lembra quantas vezes preferiu sua dependência sem angústias com seu marido a tentar um crescimento? Naquela ocasião você me colocaria fácil de lado. Agora que eu fui má com você, abandonando-a, vire-se, você sucumbe para manter a mãe boa em mim. Livia, em determinados momentos deste processo de crescimento, a gente apela para mais de um analista. Estes 'analistas' só servem para apaziguar um pouco as nossas angústias e abandonos, mas nunca vão servir realmente para o objetivo que queremos atingir. Quanto mais você se concentrar no analista, mais rapidamente você atingirá o alvo. E veja bem, não a estou rejeitando. Estou do lado da Livia que procurou a psicanálise. E torcendo para que a mulher que faz um artigo 99, que quer ter uma profissão, quer viver livremente com o homem que escolheu e ajudar

o crescimento das filhas floresça de vez. Vamos continuar a luta, Livia? Esta luta é com você mesma e dentro de você. E é a luta que nós todos empreendemos quando queremos viver de pé. Eu imagino como seu tio se sente de repente quando a sobrinha mais querida se apresenta diante dele sofrida. Ou ele carrega você no colo, retardando seu crescimento ou joga um balde de água fria em você, estimulando-a a entrar no caminho. E eu fico tentando atuar de um terceiro modo. Continuo em A. Um grande abraço."

Apesar de todo o sofrimento, meus pais continuavam sua vida de trabalho e prazer. Com o decorrer do tempo mamãe formou duos, tercetos e quartetos; um deles levou inclusive o nome dela. Mas tudo isso acontecia nos dias de semana porque aos domingos a varanda se transformava no palco de meu pai. Era o dia em que ele recebia amigos para um uísque antes do almoço. Saudava a cada um que chegava de braços abertos e tinha início o espetáculo – que era ele próprio. Apesar de mamãe ser a artista, meu pai era a principal atração da casa. Fazia números notáveis em torno de si mesmo. Turbilhonava sobre si próprio. Era agradável com os amigos, chamava-os de "meu caro", "companheiro", "meu nego", e aos olhos deles era divertido, sorridente, bem-humorado; irradiava alegria. Irreconhecível. Ao nos apresentar, fazia elogios, nos abraçava, chamava meus irmãos de *my boys* – de vez em quando falava em inglês –... Eram os momentos em que éramos uma família. Uma família aberta a estranhos e estranha entre si, mas uma família. Todo domingo aquela alegria, casa cheia, pessoas que vinham assistir a meu pai, que tão logo percebia que havia público, postava-se no centro da varanda, pigarreava para limpar a voz e iniciava sua narração com sua grandiloquência excessiva, evoluindo de um lado a outro, arrancando exclamações, risos, suspiros e, por vezes, palmas. Quando havia mulher bonita então... ele se esmerava. Impressionante a transformação que se operava nele. Era o pai da festa. Na verdade, era um personagem – numa situação limite –, só não sabia em que livro estava. Daí, talvez, seu desespero crônico. Não era uma pessoa comum. Normal, a bem dizer. Tinha espírito demais. Através da fala se empolgava e protagonizava a história; talvez fosse o modo de encontrar o fio narrativo de sua vida. Ou, de não perdê-lo. Narrar era, para o meu pai, encontrar a salvação. Naquele domingo, entre muitas histórias, contou a de seu avô, segundo ele um respeitável crítico musical que uma vez estando numa frisa do Teatro Municipal assistindo a uma ópera, um sujeito ao lado começou a trautear a melodia. Dissera o avô: Veja só, eu aqui, ansioso por ouvi--lo e aquele sujeitinho lá embaixo no palco a impedir... Após aguardar a reação da plateia, dizia para mamãe com voz embargada (que grande ator o teatro perdera...).

Toca o Outono, meu bem, toca...

Mamãe então ia para a harpa e embevecia a todos. Essa alegria toda, contagiante, se restringia aos domingos, passado os momentos de efusão, voltávamos ao cotidiano e a sua solidão. Aos instantes loucos.

E minha mãe, disposta, diligente, solícita, recebia as pessoas, completando a cena. Uma mulher afeita aos deveres. Treinada para todos os papéis. No final, quase sempre ela ia para à harpa e dedilhava seu repertório. No entanto, naqueles domingos de outrora havia não só a presença de homens como também a de mulheres, e em número talvez maior. Comecei a prestar atenção nelas. Quem seriam? Riam ruidosamente se movimentando na cadeira – vez ou outra um par de óculos voava pela varanda –, pulseiras chacoalhavam nos braços, das bocas rubras soltavam rodelas de fumaça; sem contar que havia bastante teatro em tudo que diziam. O que teriam para agradar a meu pai? Voltei a atenção nas que lhe despertavam interesse. No fundo, todas o interessavam. Reinava no ar uma atmosfera de fascinação recíproca. Flertavam entre si. De onde teriam surgido aquelas criaturas? Descobri, pasma, que papai era o advogado que cuidava dos interesses delas; viúvas e desquitadas cujos únicos bens eram os ex-maridos. Eram as clientes de meu pai. As "mulheres" do dr. Imbassahy. Onde os artifícios de mamãe? Em seus silêncios? Na sua música? Nas cordas coloridas de sua harpa?

"Livia,
Por isso é que é difícil fazer análise por carta, pois não dá para saber tudo, seus sentimentos completos. Mas a impressão que tenho é que você está desperdiçando material. Por exemplo, a sua frase 'As coisas que você me dizia e eu concordava e entendia, dele eu fico com raiva e mudo de assunto na

hora.' A raiva é uma emoção muito importante. Por que você sente raiva? Vê isso direitinho, Livia. Em outro momento, você diz que não está fazendo análise. A gente também faz análise desse jeito – em lugar de falar sobre os sentimentos a gente atua, só que não se lucra muito. Tenho a impressão que você deve falar com ele tudo, mas tudo mesmo que lhe ocorre, pois pode estar acontecendo o que lhe falei por telefone – você está vivendo nele seu problema com a figura masculina. E talvez você o esteja diminuindo para tentar enfraquecer a figura masculina internalizada. Afinal você tem um pai e um marido muito na mesma linha da criatura má. O que confirma quando você diz que pai não sabe cuidar de filho, só mãe mesmo. É do seu pai que você está falando. Você ainda poderá vir a conhecer pai mais maternal que a própria mãe. E talvez, se você olhar bem, já até conheça. E quando você diz que S. é bonzinho você não o estará castrando? Será que você está com medo de ver a mãe nele? Livia, eu a "abandonei", isto é, "a mãe a abandonou" e você não está conseguindo aceitar que a mãe tenha limitações e para continuar a sua idealização você projeta toda a maldade da mãe sobre o pai e S. entra bem. E eu fico em A., bem protegida por você. Continue tentando, só você é que vai lucrar.

Ainda não sei quando irei ao Rio, se em fins de maio ou princípio de junho.

Tchau, Livia, um abraço."

Finalmente encontrei um analista. Um analista homem. Certamente teria uma escuta diferente (mal podia imaginar quão diferente...). E eu começaria a me contar toda outra vez. No início do tratamento eu estava distante, fria, mas não faltava às sessões, precisava delas, e também algo me dizia que ele daria conta de mim. A cada consulta não tinha a menor ideia do que me esperava. Ele surpreendia, sempre. Numa delas, mal tinha pisado no consultório ele disse: Conheci seu pai. Um homem interessante, inteligente, bem-humorado... Agora pode se deitar e falar mal dele. Em outra sessão, em que eu contava que fora à igreja no Dia das Mães e tinha ficado com muita pena das pessoas que não tinham mãe, ele disse: E das que têm, você não tem não? Em seguida, caiu subitamente no chão a meu lado, de joelhos, mãos postas, olhos no teto, simulando uma reza: Oh, santa dona Acácia, que tocais harpa, o que posso eu, sua filha, reles mortal...

Naquele período eu me queixava muito de meu marido. Ele escutava, consulta após consulta, até que, numa delas, súbito, ele perguntou: Você já ouviu falar em Tolstoi?... Não esperou resposta, continuou: Um dia ele saiu de casa. Está certo que era inverno, na Rússia, e ele morreu na esquina, mas saiu! No final dessa mesma consulta, disse, já quase na porta, que a loucura da família estava no quadro (um quadro de um pintor clássico que ocupava quase toda uma parede da casa de meus pais. Nele, minha mãe tocava harpa, e nós, crianças, fomos pintados como saindo das cordas como anjinhos...). É preciso destruí-lo! E se ofereceu para a tarefa, descrevendo em minúcias a operação. Eu dormiria lá e abriria a porta para ele, tarde da noite, e nós, munidos de canivetes, golpearíamos o quadro de alto a baixo.

Tal pai, tal analista...

Esse, o analista que me indicaram. Porém, foi dessa forma, teatral, dramatizada, louca, que as coisas começaram a funcionar, a fazer sentido na minha vida.

E finalmente meus pais tiraram Rodí do Sanatório. Dali em diante meu irmão passou por outras clínicas, todavia, ocupada com a minha própria vida, não acompanhei a peregrinação. Meus dias seguiam trabalhosos, e eu continuava em análise. Vivia coisas inacreditáveis com o analista. Em uma das sessões, logo ao entrar, havia um vaso grande e transparente no chão, cheio até a borda de bola de gude colorida. Lindas, as bolinhas. Comentei. O analista disse que tinha se dado de presente de Natal. Estávamos próximos da data. Contei que quando menina costumava jogar bola de gude com meus irmãos. É boa de teco? Disse ele; levantando-se e indo em direção ao vaso virando-o de cabeça pra baixo espalhando bolinha pra todo lado. Vem!, disse. Passamos a sessão no chão, jogando bola de gude.

E era daquele jeito, insólito, que o tratamento surtia efeito. Penso que a loucura dele me levou à ação, ou à representação da loucura. Comecei, aos poucos, a me orientar. Foi preciso passar muito tempo para que despertasse no meu olho o olhar que lhe era próprio. Mas basta uma cadência com o outro, uma levada bonita, e seguimos em frente. Decidi estudar, fazer vestibular para Psicologia. E segui em frente: estudo, livros, filhas crescendo, e, à noite, continuavam as saídas com meu marido: estreias de teatro, filmes, restaurantes, bares, etc. Mesmo com a intensa programação eu mantinha meu plano de estudo. Meu objetivo. Procurar interesses para além da família pode ser um ato de salvamento.

Vivia-se uma época agitada. Os anos de chumbo. Combatia-se a ditadura com o melhor da cultura. Foi o momento de maior efervescência cultural no país, a forma – a bela forma – que os artistas encontraram de driblar a censura e expressar o que se estava vivendo. Anos das mais belas encenações. Assisti a coisas incríveis. As estreias de O rei da vela, Gota d'água, Roda viva, O Balcão, e tantas mais... Mas tinha falado nas meninas, que cresciam. Na época havia sido publicado um livro que fazia muito sucesso, Summerhill, sobre uma escola cuja pedagogia alternativa baseava-se num sistema educativo no qual as crianças decidiam o que aprender, livres de coerção e repressão, desenvolvendo-se no seu próprio ritmo. O sonho da liberdade. Me encantei e adotei algumas das ideias do livro, até porque tivera uma educação rígida, absolutamente cerceada. Porém, nada mais equivocado. Cometi um erro primário. Além de a escola de Summerhill ficar na Inglaterra; coisa para inglês ver.

Na turbulência daquele tempo, envolvida com os meus problemas, e tantos eram, não acompanhei Rodí nas clínicas pelas quais ele passou – já havia comentado –, tampouco conheci os médicos que o atenderam, mas o tratamento era o mesmo: medicação pesada. E meu irmão, desaparecido dentro dele; abandonado a si próprio. Nada o trazia de volta. E Luli decidira sair do Rio e tentar trabalho em outra cidade. Havia algum tempo se incompatibilizava com as pessoas; tornara-se rebelde, quando não, agressivo, inviabilizando as coisas para ele. O mal se alastrava.

Nesse meio tempo, meus pais dariam uma recepção para receber um importante maestro europeu na casa de minha avó materna. Sua mansão, em Laranjeiras, era conhecida como a casa do Visconde. Mas nunca ninguém descobriu de qual Visconde se tratava. Garçons, aperitivos, salgadinhos, convites... não se falava em outra coisa. Uma agitação a organização da recepção. Os dias se passavam com mamãe tomando providências, cuidando dos arranjos da casa. Esfalfando-se, no dizer de papai. Eram telefonemas e mais telefonemas. A avó aparecia todos os dias – marcando território, como de hábito – parava em meio ao jardim para acompanhar a movimentação. Quanto afã!, dizia, abanando-se com seu leque de sândalo. A decoração da casa para a noite da recepção ficara a cargo de uma decoradora amiga, Alice, que tinha um busto enorme, muito em voga naquela época. Papai a chamava de "a robusta Alice Veiga". E mamãe dizia que ela era muito caprichosa, certamente a casa ficaria um brinco. Desde cedo havia grande movimentação pela entrada de serviço. Homens carregando mesas e as armando no jardim, mulheres trazendo travessas, panelões, faqueiros etc. Sem contar a casa que se encheu de flores. Mamãe zanzava de um lado a outro, inspecionando os preparativos. Um frisson, comentava a avó, que a nada perdia.

Na memorável noite da visita do maestro o calor havia feito uma pausa quando a noite chegou. Mesinhas se espalhavam pelo jardim tendo no centro vasinhos de violetas; o som de um concerto de Mozart saía da vitrola na sala de música, garçons circulavam com bandejas de canapés, quando o famoso maestro adentrou a casa fervilhante de convidados. Mamãe estendeu-lhe a mão, e ele, inclinando-se em reverência, beijou a mão dela. É um homem muito fino, comentou uma senhora espalhafatosa, soterrada em joias. O regente era um senhor de baixa estatura, pele e olhos claros, trajava fraque e gravata borboleta. Sua fala era praticamente inaudível, além de ele falar apenas em alemão. Felizmente mamãe estudara em escola alemã, foi a única a poder conversar com ele. Papai desfilava entre os convidados, dando atenção a uns e outros, pilheriando (como ele próprio dizia), satisfeito. Adorava receber, mesmo que não fossem seus amigos. E lá estava Alice Veiga, peito volumoso, arquejante, expressão apaixonada, apresentando a todos um senhor de idade avançada como noivo. Havia já muita gente em torno das mesas do jardim, aguardando o maestro tomar seu lugar quando este, repentinamente, se atirou de bruços no chão e ali permaneceu, imóvel. Ouviu-se um "Ohh..." geral. Um ataque súbito do coração?, perguntava a avó que se abafara com uma estola. Vivia se precavendo contra moléstias, segundo ela. Velhos morrem muito, comentou uma senhora de cabelo lilás. Mamãe, surpresa com o acontecimento, permaneceu imóvel, postada ao lado do maestro, sem se deixar abalar. E ele, estendido aos pés dela, de fraque e gravata borboleta. Os convidados em absoluto silêncio. Inabalável como sempre, mamãe voltou a acenar discretamente para que aguardássemos e sussurrou para papai – que dela se aproximara –, que o maestro devia estar fazendo uma prece.

Um hausto espiritual, meu bem, a inspirar e a comover... comentou papai, quando, de repente, o regente ergueu-se espanando as calças e, desculpando-se, confidenciou à mamãe que escutara uma bomba (cabeça de negro soltada por meus irmãos e seus amigos, com certeza) e que ele havia passado a guerra. No final da festa, quando todos se foram, papai comentou:

O episódio do distinto maestro, meu bem, foi um debruçar sobre um passado rememorando aqueles que... Mamãe disse que estava cansada e iria se deitar.

Volta e meia havia uma visita célebre. Naquela tarde de maio fora a vez de um importante harpista europeu ir a nossa casa. Talvez tenha sido o dia em que vi minha mãe fora do seu eixo habitual. Excitada, falante, ansiosa. O harpista viria à nossa casa para um pequeno recital, além de ter expressado o desejo de ouvir mamãe tocar. Ela passou a manhã afinando cordas. À tarde, o harpista chegou acompanhado da mulher. Era um homem claro, estatura mediana, penteado displicente, quase calvo, olhos verdes-água onde provavelmente boiavam polkas e mazurkas; a mulher, ar desbotado, expressão sofrida, vestia-se toda de preto. Uma peça totalmente fora de contexto. Percebia-se naquele momento que outra história se desenrolava sob a que se estava vivendo. A história do casal, que não me pareceu leve. Talvez tivessem vindo de uma longa discussão noite adentro. Ela, o acusando de adultério, e ele, irado, quebrando o que encontrava pela frente (haviam bebido demais), quando finalmente o artista atingiu em cheio uma peça valiosa que fora da família. Daí em diante as coisas tornam-se nebulosas e violentas. No entanto, a realidade daquela tarde imperava. Mamãe, que a nada estranhava, conduziu o casal à sala de música; lá o aguardavam musicistas e poucos parentes. A avó já ocupara sua cadeira cativa. Logo que o harpista sentou-se no banco da harpa anunciando a peça que iria tocar (felizmente não era nenhuma do repertório de mamãe), sua mulher se levantou e, vendo a mim, perguntou se podia usar o toalete. Uma musicista, que bebia com facilidade, observando a mulher do maestro, levantou-se em seguida com destino à mesa de bebidas. Lá se serviu de um copo cheio de uísque. Papai, que se incumbira de tirar a garrafa de cena, naquela tarde se sentiu impedido pelo olhar que mamãe lhe dirigiu. Era uma recepção, disse o olhar dela. Ele então desistiu. Apesar de eu ter apontado o lavabo, a mulher do maestro seguiu em direção ao banheiro. Parecia tonta. Teria bebido a noite toda após o quebra-quebra? Naquele instante, porém, os aplausos se misturaram a um choro. Ele vinha de dentro do banheiro. A mulher do artista chorava. Que noite terrível, meu Deus. Mulheres de artistas sofrem. Os maridos são alcoólatras. Mas papai bebia apenas socialmente. Deixava os amigos se servirem de uma dose de uísque, servia-se ele próprio, e em seguida sumia com a garrafa. Enxugando o canto dos olhos com um lenço, a mulher do artista abriu a porta. Acompanhei com os olhos sua volta à sala. Súbito, constatei que o clima do casal vibrava nos demais; metade da plateia se encontrava deprimida e a outra metade alcoolizada.

Mamãe telefonou contando que Rodí tinha voltado para casa. Distante, embotado, sedado, domado, porém, estava em casa. Isso serenava o coração dela. E desta vez, em vez de ficar circulando pelo apartamento, volta e meia ele saía; depois de algum tempo na rua, voltava. Ninguém sabia por onde ele andava. Na volta de um desses dias ele comunicou que havia comprado um apartamento pela Caixa Econômica em Santa Teresa. Surpreendia sempre. Papai pediu para ver os documentos. Rodí entregou a papelada. Se entendiam, papai e ele, no que dizia respeito a documentos. No final da leitura, meu pai concluiu que a compra fora efetuada na mais absoluta lisura. Estava tudo correto. Rodí nunca esteve errado, ficar doente não é erro. Ninguém está livre dessa ruptura, qualquer um pode perder o controle sobre si próprio e desnortear, se desorientar, enlouquecer. Talvez a loucura seja o nosso segredo mais profundo (nas trevas tudo viceja), nossa força de reserva, quem sabe... Além do mais, meu irmão sempre foi um rapaz digno, íntegro, responsável, correto. Acho que não foi meu pai quem disse tudo isso, devo ter sido eu mesma, que ando pensando pelos cotovelos.

A convite de Rodí meus pais foram conhecer o apartamento. Estavam felizes, embora se esforçassem por se conter, pois não sabiam qual poderia ser a reação do filho. Deduziram que era possível conversar, contanto que não demonstrassem emoções. Aprendizado difícil e cotidiano. Observância estrita da medida que meu irmão colocava. Voltaram entusiasmados, contando que o apartamento era um excelente dois quartos, amplo, simpático, e ainda com uma varanda que dava para uma bonita vista. Uma boa compra, muito agradável, papai dizia, animado, e mamãe, comedida, como era seu feitio, nada disse, apenas sorria, visivelmente contente. A compra do apartamento funcionou como um alento. Como um sinal de melhora. Meu irmão melhorava a ponto de ter comprado um imóvel para ele e só então percebíamos? Ou, assim como não há sanidade absoluta não há loucura total?

Em vão se procura o perfil próprio da doença...

Domingo é dia de pai saudoso, disse meu pai ao telefone. Estamos esperando vocês para o lanche. Está chovendo, mas isso não é problema porque vocês tem automóvel. Tragam as meninas. Tem Coca-Cola. Já tinham outro programa? Oh, não faça isso com seu pai... Comprei presunto, queijo, salgadinhos também, de camarão... Diga a seu marido que tem brioche, que ele gosta. Deixem os amigos pra lá. Antes vamos tomar um uisquinho, você gosta, não é, filhotinha? Então, sua mãe e eu podemos esperar?

Era sempre bom ouvir seu convite, e eu torcia para que pudéssemos ter um lanche tranquilo, embora soubesse que dificilmente aconteceria. Mesmo assim, íamos à casa deles. Cumprir meu papel de boa filha, da que tinha dado certo. Naquele domingo, logo ao chegar, senti que mamãe queria me segredar alguma coisa. Aguardava o momento de estarmos a sós. O que contaria daquela vez? Não havia sossego. Intranquilidade permanente. E nada se podia fazer. Família é treino constante para se lidar com a impotência. Ao abrir a porta da geladeira para pegar Coca-Cola para as meninas, ela aproveitou o momento e, aproximando-se do meu ouvido, cochichou baixo e rápido que Rodí tinha ido ao Instituto Vital Brazil e, apresentando-se como neto do fundador, conseguiu que lhe dessem cobras. Cobras. Havia levado a caixa para transportá-las. Estavam já com ele, em seu apartamento, dentro de uma arca. São mansas, ela disse. Muitas até inofensivas... Onde queria chegar?... Seu irmão quer que eu vá conhecê-las e eu espero que você me acompanhe. Pronto, aí estava. Assim são as coisas. Malditas. Por essas e outras desenvolvi um perene estado de prontidão familiar.

Não tive outro jeito senão acompanhar mamãe à casa de meu irmão. Pedi, durante a ida, para que não nos demorássemos. Eu iria ficar na porta, disse, e ela continuou em silêncio. Eu já estava agoniada. Angustiada. Embora soubesse que o que imaginamos é sempre o pior, eu não conseguia me acalmar. Nesse instante, dentro do táxi, mamãe me passou uma folha: Leia, disse. Era um bilhete de meu pai, reconheci a letra.

"Laura,

Há luz e sombra. Prazer e dor. O bem e o mal. Envio-lhe uma rosa para o seu prazer. Escolhi a mais bela e a mais branca. A flor, na sua realeza, tinha por séquito espinhos. Retirei-os todos, com a minha mão, na ânsia de oferecer-lhe o que é belo, sem o agreste das lanças. E por ter eu violado a lei da presença dos contrários e atentado contra a própria natureza, como o que se apresenta, feri-me na operação como testemunham as pétalas com manchas de sangue. Afinal, que importa uma só gota vertida em sua intenção? É tão pouco"...

Devolvi o bilhete para mamãe. E nada disse. Com o tempo a gente fica craque em silêncio. Quase chegávamos, quando perguntei o que ela ia fazer. Não sei. Respondeu. E não se tocou mais no assunto. Laura. Faltava "ela" no elenco. Mal chegamos no corredor do edifício que dava para o apartamento, meu irmão nos esperava na porta. Me pareceu ver nele um risinho. Logo ao entrarmos reparei que na sala havia apenas a arca. Das cobras. "Ainda que eu andasse pelo vale da sombra da morte não temeria mal algum porque tu estás comigo"... O mantra de mamãe. Assim que meu irmão nos viu dentro do apartamento fechou a porta e, se dirigindo à arca, levantou a tampa. Voltou a nos olhar e a dar mais um risinho. Se divertia. As cobras começaram a se esgueirar lentamente e a deslizar da arca para o chão. Naquele instante, ele ofereceu um cafezinho e mamãe aceitou! Vamos embora, mamãe, vamos embora, por favor...

Murmurei, assim que ele virou as costas. Vive-se coisas medonhas. Peçonhentas. As cobras serpenteavam pelo assoalho. À medida que se aproximavam dos nossos pés nos deslocávamos aos pulinhos de onde estávamos. Quando meu irmão reapareceu, com a xicrinha na mão, mamãe e ele começaram uma conversinha miúda, mas eu não prestei atenção no que diziam porque vigiava a rota das cobras; os dois se distraíram em meio ao serpentário. Ela, serena, quase feliz. E eu atravessando mais um horror. Quando cheguei em casa seguiram-se dias de angústia.

E a história das cobras não parou por ali. Nada fica como está. Essa é a verdade. Certo dia, no pacato edifício de meu irmão, a mãe de uma vizinha de Rodí, que visitava sua filha hippie, levantou-se para ir ao banheiro. Minutos depois a mulher soltou um grito lancinante. Uma enorme cascavel tinha surgido de dentro do vaso sanitário onde ela estava. Um escândalo de proporções inimagináveis; e, naquele momento, os hippies, acampados nas sombras, que ignoravam a presença da serpente, entraram em bando, descalços, roupas coloridas, rindo, querendo ver a cobrinha... Formou-se um alarido que só serenou com a aparição do carro de bombeiros; acionado pelo síndico do prédio, que quis denunciar meu irmão à polícia, mas papai foi ligeiro em salvar Rodí a tempo. Resultado: as cobras foram devolvidas ao Instituto (meu pai disse que elas tinham ido veranear em Santa Teresa), e pouco depois o apartamento foi evacuado e posto à venda. Rodí voltou pra casa. Enquanto isso, Luli enlouquecia em terras baianas.

Na época, Luli estava noivo de uma moça baiana (que estivera na nossa casa algumas vezes), e todos gostávamos dela. Era alegre e divertida. Jovem ainda, morava com os pais e os irmãos, numa vidinha pacata em Salvador. Não sei dizer em que meu irmão trabalhava quando morava lá. Depois que largou a Caixa Econômica, fez curso de ciências contábeis, ou o contrário, o curso veio antes, e dali por diante decidiu ser artista. Posou de modelo fotográfico muitas vezes (como Rodí, Luli também era um bonito rapaz), deu cursos de teatro, participou de algumas montagens teatrais, dirigiu uma peça (parece que saiu-se bem, não saberia dizer, não assisti o espetáculo), e um dia estava ensaiando o papel-título do *Boca de Ouro* (nada menos indicado) e tinha de dar um soco ou um tapa numa das atrizes; descompensou-se e deu realidade à cena e a moça teve de ser conduzida ao hospital, e outras tantas coisas que eu não lembro mais. Mas lembro que encarnou o Boca por muito tempo. Sem contar que arranjara uma gargalhada para o personagem que era aterrorizante. Volta e meia a soltava, assustando a uns e outros. E volta e meia surtava. Num desses surtos, bateu a campainha da casa da noiva, e quando esta abriu a porta ele disse que tinha ido matar o pai dela e mostrou um facão. Um homem de quem ele inclusive gostava e falava bem. Foi um corre-corre desesperado dentro do apartamento. A mulher, mãe da moça, gritava sem parar (com sotaque, naturalmente).

No final, um dos irmãos conseguiu desarmá-lo e assim terminou a cena como também o noivado.

Bem mais tarde, Luli decidiu trabalhar como palhaço por conta própria. Tinha todos os apetrechos necessários, e nos finais de semana vestia sua fantasia e ia para o shopping divertir as crianças. Não ganhava nada com isso, mas parecia que se divertia com o novo personagem. Contudo, ao invés das crianças se alegrarem com as suas palhaçadas, elas se afastavam atemorizadas. Criança a gente ilude, mas não engana. A loucura, mesmo disfarçada, marcava presença nas suas atuações. O personagem palhaço, como os anteriores, teve curta duração. Logo ele voltou ao desespero habitual.

Mal tinha tempo de estudar com o que me rodeava: casa, marido, filhas, irmãos – família. Mesmo assim eu conseguia, e precisava mesmo, estava para começar o vestibular. Mamãe continuava a telefonar quase todos os dias para saber das meninas e para falar sobre meus irmãos. Naquela tarde telefonara para dizer que Rodí não queria mais cor no quarto dele. Ela teria que comprar cortinas pretas, lençóis também pretos, e que estava com dificuldade para encontrar um cobertor preto. Sugeri que mandasse tingir o dele. Diante das coisas que tinham acontecido aquela era relativamente simples de resolver, eu disse. Nesse momento, perguntei sobre o bilhete de papai. Custou a se lembrar; depois disse que tinha perguntado e que ele contara que aquele era o início de um romance que ele pretendia escrever. Mas estava sem tempo. Sem comentários. E ela voltou a dizer que meu irmão exigia tudo preto. Até o despertador. Ele mesmo arrancara o fundo branco deixando só os ponteiros. Ainda bem que tinha deixado os ponteiros, eu disse, na tentativa de abreviar o relato. Mas mamãe continuava. Dizia que Rodí estava usando apenas roupa preta, as outras ele havia tirado do armário e dado à empregada. E também passou a usar um chapéu preto. Alto como era, ela temia que ele viesse a assustar as pessoas vestido daquele jeito. E eu, em provas... Mas mamãe queria também falar sobre o Luli, que havia voltado de surpresa e estava muito agitado. Agressivo mesmo. E ele já se desentendera com papai diversas vezes. Estava namorando uma moça tão agressiva quanto ele. Eu a tinha conhecido num dos dias que fora na casa de meus pais. Ninguém diria que aquela mocinha tipo mignon, bonita, loirinha, fosse uma fera. E era. Um dia, Luli abriu a porta, e era ela, que não gostou do olhar que ele lhe lançou, imediatamente então lhe passou uma rasteira deixando o Luli estatelado na soleira da porta, sobre o capacho. Os dois se encontravam para se sopapar. Basta dizer que juntos, quebraram todo um apartamento, o dela. O pai da moça mandou a parte do quebra-quebra que cabia a meu irmão, para meu pai. Na verdade, era sobre o Luli que mamãe queria falar, que a amedrontava. Com razão, coitada. Que vidas desperdiçadas, meu Deus, desesperadas, que não encontravam onde ancorar... Por último, ela queria me dar um recado de papai. Ele pedia para eu aparecer lá à noitinha porque queria trocar umas ideias comigo sobre esquizofrenia.

Esclarecer uns pontos. No limite, a casa familiar é uma alegoria da nau dos loucos...

Bem, mas eu havia passado no vestibular. Iria estudar. Me formar. Me salvar.

Após ter o quarto todo escurecido, a exigência seguinte de Rodí foi a de que se falasse apenas em inglês dentro de casa. Coisas pequenas diante do que já tinha acontecido. Meus pais atenderam porque temiam, caso ele fosse contrariado, que viesse a se desestabilizar, deflagrando-se uma nova crise, e que fosse internado mais uma vez. A tirania que o doente exerce no meio familiar é absoluta; mas, na verdade, ninguém suportava mais uma internação. Portanto, não houve solução a não ser nos comunicarmos em inglês. O tempo todo. Não sei quanto tempo se passou sem que se pudesse falar em português na casa de meus pais. Uma vez, uma moça inglesa apareceu lá em casa, vinda por uma bolsa do Rotary, certamente, e estranhou que na casa de brasileiros só se falasse em inglês. Às vezes, estando lá, eu me esquecia da ordem baixada e dizia uma palavra ou outra na nossa língua; meus pais eram os primeiros a me censurar. Passei a diminuir as visitas. E a exigência do inglês não se restringia apenas à família, mas a qualquer pessoa. Volta e meia aparecia um incauto. Quase sempre um músico, mas como são calmos por natureza – tem temperamento de câmara –, ou mesmo escolheram a profissão com vistas a se apaziguar, eram de boa paz. Alguns inclusive tinham um excelente inglês. Eu achava absurdo; por um lado entendia meus pais, por outro, me revoltava, mas pouco adiantava, porque nada alterava o rumo das coisas, que seguiam exatamente como meu irmão ordenava. Rodí nem sequer liberou a empregada. Nem sei como a moça não pediu as contas. Ao invés, se divertia repetindo expressões em inglês e depois tapando a boca com o avental. Findo o tempo do inglês, acudiu a ele mais uma bizarrice. Banir a gíria das conversas. Por gíria entendia-se também contrações tipo "né", "tá" e outras. Durante esse período preferi ter notícias pelo telefone.

Rodí teve de ser internado mais uma vez. Voltou a ficar agitado e antes que a crise se desencadeasse foi chamada a ambulância para levá-lo. Perdi a conta das ambulâncias estacionadas sob o edifício de meus pais. A presença visível da verdade. Toda vez que via uma delas era invadida pela angústia. Terror. Quando aquilo teria fim?... A cada novo surto de meus irmãos mais se reforçava a relação de minha mãe com Deus. Intensificava-se sua fé. Sua inquebrantável fé. Quanto mais perdido um filho, mais "salva" está a sua mãe. Ser mãe é um desespero coberto de glória. E ela parecia resignada diante do permanente terror. A fé ampara, recolhe todos os fantasmas. Certamente que a bondade e a misericórdia me seguirão todos os dias da minha vida: e habitarei na casa do Senhor por longos dias.

Daquela vez meu irmão foi para uma clínica nova. Com o tempo confirmou-se como a melhor clínica na qual esteve. Lá não se aplicavam choques e também não havia tratamento químico pesado. Pelo contrário, além de pouca medicação e praxiterapia, os pacientes tinham atenção por parte da equipe, psiquiatras e auxiliares de psiquiatras, em sua maioria psicólogos que cumpriam estágio clínico. Mais tarde, vim a ser uma dessas auxiliares, quando precisei fazer estágio para a minha formação em psicanálise, mas nessa época Rodí já estava fora da clínica. Na entrevista inicial comentei com o médico sobre meu irmão. O psiquiatra lamentou que ele tivesse sido um paciente inabordável. Era o que se dizia de Rodí. Puderam fazer pouco por ele. Sem solução. Sem salvamento. Sem a mais remota esperança. E assim, sem que percebêssemos, a história desse meu irmão disseminou-se na nossa pequena família. Luli seguiu as pegadas de Rodí. Até na doença seguiu os passos do irmão. Tornou-se tão violento que também precisou ser internado. Sendo que uma das vezes por moto próprio. Eu estava lá quando ele se internou. Fez questão que eu o acompanhasse. Fui, naturalmente. O médico que o atendeu no sanatório fora o mesmo de Rodí, porém seu diagnóstico foi outro: Luli estava paranoico. Dificilmente responderia satisfatoriamente à medicação, segundo o psiquiatra.

Como escapei? Escapei? É muita pretensão e pouca água benta...

Embora eu tentasse viver a minha vida, na minha casa, com meu marido e filhas, não estava fora da história familiar. No início, eu me referia à doença do meu irmão como algo que acontecera a ele (a eles), mas com o passar do tempo, e a análise, realizei que eu era parte integrante dessa história. Era também a minha história. Não havia escapatória. E tudo que eu desejava era sair da casa de meus pais e dar um lar para as minhas filhas à diferença do da casa deles, onde predominava a doença, porém temia reproduzir – sem me dar conta – um ambiente doentio. Me perguntava, com frequência, em análise, que parte (que culpa?) me cabia em toda essa história. Qual seria o estopim desse processo; existiria algo que deflagrasse a loucura? Temos todos um ponto que uma vez acionado dispara a loucura? Ou seria a loucura um momento que num mesmo movimento anuncia e destrói a verdade? Perguntas. É o que temos. Nada além. Em vão se procura o perfil da loucura... Acho que já disse isso. Contudo, eu não conseguia aceitar a debacle familiar. A devastação da família. O que fazer dos meninos com os quais passei a infância?... E apliquei o meu coração a conhecer a sabedoria e a conhecer os desvarios e a loucura, e vim a saber que também isto era aflição do espírito.

Já estava na faculdade. Assistia às aulas obrigatórias, algumas razoáveis, outras nem tanto, e a maioria, fraquíssima. Nenhuma excelente. Mesmo assim eu estava empenhada. Interessada. Direcionada. Procurava então pelos bons professores, além de compensar com leitura e estudo. Não lembro mais em que semestre eu estava quando, um dia, que todo dia chega, uma das professoras me convidou para assistir a aula do melhor professor. Ele estava dando um curso no mestrado. Parênteses: uma noite, num jantar em Copacabana, na casa do ex-analista do meu ex-marido, conversando a sós com sua ex-mulher (nessa história são todos ex), ela me pergunta: você conhece o Luiz Alfredo Garcia-Roza? Hein? Devo ter dito. Ele é professor, você não o conhece? Não, respondi. E ela ficou surpresa. Essa foi a primeira vez que ouvi falar no nome de Luiz Alfredo. Mas gravei, sobretudo pela expressão que ela fez. Era como se eu não conhecesse o Bob's, digamos assim. Eu estava na faculdade e, de fato, nunca escutara o nome dele. Fecha parênteses. Passado algum tempo, conversando com uma professora, ela disse que eu tinha que assistir a uma aula do Luiz Alfredo. Naquele momento, fiz a ponte com o que disse a ex lá atrás. A professora dizia que estava assistindo o curso dele no mestrado e que com ele se aprendia, etc. Como eu não estava matriculada, fui falar com o secretário do curso, que eu conhecia do tempo do cursinho para o vestibular. Vai assistir, ele disse. E eu fui. Assim que nos vimos pela primeira vez, Luiz Alfredo e eu, parei na porta me apresentando. Eu sou Livia, disse. Ele estava parado esperando os alunos entrarem. Eu sei, ele disse. Aquele "eu sei" rodou meu pensamento durante toda a aula. A excelente aula. Ali estava a excelência buscada. Mas como ele podia saber quem era eu? De onde me conhecia?... Ah, o secretário! O melhor professor informou-se. Senti que algo se moveu dentro de mim. A ex lá atrás tinha razão, era um espanto eu não saber quem era o Luiz Alfredo Garcia-Roza! Ele era um homem sério, bonito, elegante e charmoso, mas, acima de tudo, um mestre. No término da aula fomos apresentados pela professora.

Descemos para um cafezinho, os três. No dia seguinte, ao sentir minha alma querendo escapulir para um cafezinho, decidi adiar a alegriazinha. Até porque atravessava uma fase tranquila no casamento. Férias aos corações. Paz. No entanto, um dia de paz não é nada além de um dia de trégua. Pouco tempo depois, num final de aula na graduação, a tal professora, com quem eu também dividia carona para a faculdade, disse que o professor (sério, bonito, elegante e charmoso) ia dar outro curso, que ela achava que ia me interessar. Sobre Foucault. A alminha se alvoroçou. Café! Café!

Passado algum tempo, não saberia dizer quanto, saía um dia da faculdade e havia uma carona no ar. Era ele, o professor (que bonito no enquadre da janela do carro...), perguntando se eu queria carona. Sim, claro, que simpático, pensei. Dei a volta e entrei em seu carro. Mal saímos, ele disse: estamos indo para Laranjeiras? Como sabia que eu morava em Laranjeiras? Em seguida perguntou pelas meninas. Sabia também que eu tinha filhas?? Respondi e fiquei pensando que aquele professor estava muito bem informado, e não seria apenas pelo secretário do cursinho. As perguntas davam voltas na minha cabeça enquanto o carro deslizava (naquela época havia ruas no Rio) em silêncio. Quase chegávamos, quando pensei que talvez ele tivesse tido informações pela nossa amiga em comum, impossível, quase disse em voz alta, porque ela sabia pouco sobre a minha vida. Entramos na rua que eu morava e ele perguntou o número. A rua, ele nem titubeou, também sabia, mas o número ele ia descobrir naquele momento. Quando abri a porta para saltar, ele disse que quando eu precisasse de carona ele estava às ordens. Obrigada, professor. O senhor é muito gentil, bonito, elegante e charmoso, mas eu sou uma mulher casada. Nada disso eu precisava dizer. O professor sabia tudo. Ou quase tudo.

Assisti a duas ou mais aulas dele, e a cada uma delas eu saía mais encantada com seu talento, sua maestria. Não havia mesmo quem lhe equiparasse. Tinha o dom da transmissão. O giz em suas mãos deslizava no quadro negro circunferências perfeitas, e tudo isso acompanhado de sua voz abaritonada. Comecei a achar que estava ficando encantada demais. Entrando em terreno perigoso. Resolvi não mais assistir a suas aulas. Daquela vez era sério, sem volta. Sabia que estava perdendo algo extremamente valioso para a minha formação, mas alguma coisa em mim tinha sido tocada, e eu estava atravessando uma fase tranquila no meu casamento. Tinha que pensar, sopesar (como diria meu pai), ter tirocínio, juízo. Adeus, mestre.

Desapareci das aulas do professor. Continuei estudando e evitando encontrá-lo. Até um dia, que eu estava estudando pra prova no fundo de uma sala vazia, uma outra professora se aproximou e disse: estou fazendo a fantasia que você está transando com o Luiz Alfredo. Sorri, mas nada disse. A fantasia era dela.

    Um semestre depois, a professora que tinha me levado às aulas dele disse que Luiz Alfredo estava começando um curso novo e achava que eu iria gostar. Já tinha passado bastante tempo, achei que não iria mais me encantar daquele jeito. Fiquei curiosa. Fui conhecer a Epistemologia. Nunca sequer tinha escutado falar naquela palavra, mas nada disse. Vesti meu jeans, calcei minhas botas vinho cano longo, pus uma blusa branca e joguei uma bata por cima. Mais tarde ele descreveria em detalhes essa minha vestimenta. Logo que nos vimos na porta, sorrimos um para o outro, e bastou um olhar e o tempo foi para o espaço. Sorrisos decidem rumos. Meu Deus. A turma era pequena, mas quando ele começou a falar parecia estar diante de uma multidão. E eu fui apresentada à Epistemologia. Quanto encanto pode ter um tema árido numa cabeça brilhante...

A aula terminou e a professora nos convidou para um cafezinho. Voltamos a ele. Durante o cafezinho, a tal professora combinou carona entre nós três. Nos encontraríamos em frente à casa dela, e a cada vez um dirigiria seu próprio carro e daria carona aos outros. E assim ficou acertado. E lá fomos nós, num dia da semana, às quintas-feiras, se bem me lembro, juntos, os três. Durante o percurso os professores conversavam (ela falava e ele escutava) e eu, muda, com medo de soltar um disparate (estava temerosa, sem saber em que terreno estava pisando...). E assim fizemos durante um bom tempo. Até o dia em que a professora não apareceu. Aguardamos, os dois, e nada. E ela nem avisou. Cogitamos de ter acontecido alguma coisa séria com ela ou com um familiar. Súbito, ele disse: "Vamos?"

Naquele fim de tarde de só nós dois no carro, só nós dois no mundo, ele disse que a professora não viria mais. Tinha avisado. Tinha sido transferida de universidade e não houve tempo de avisar, mas também já havia feito o trabalho dela de cupido... De repente, ele perguntou: tudo bem? (Viajei. Me lembrei daquela cena do Robert De Niro no antigo *Táxi Driver*: "Talking to me?"). E ele só tinha dito isso: "Tudo bem?" Foi o suficiente para eu falar tudo que falei. Quer dizer, privilegiei o eixo estudo e trabalho. Tive vontade de contar outras coisas também, mas achei prudente me reservar. Sobre família então... nem uma palavra. Mas contei sobre o meu entusiasmo com a Psicologia, o tanto que ainda tinha que aprender, os livros que andava lendo, a dificuldade diante de certas matérias. Ele ouvia, interessado. Fazia um silêncio bonito, respeitoso. Contei que estava estagiando na Villa Pinheiros, uma clínica em Botafogo para atendimentos a psicóticos, uma casa grande, ampla, onde os pacientes podiam circular à vontade. Nesse momento, ele me interrompeu para saber o endereço da clínica. Senti que gravou mentalmente quando eu disse. Uma cabeça prodigiosa. E eu ainda não tinha visto nada... Contei sobre o meu périplo na análise desde que teve de ser interrompida porque o marido da analista fora transferido de cidade, e continuei contando, contando, quando vi, o carro estava estacionado diante do portão da minha casa. Deixei parte da minha história com ele. Tinha certeza que a trataria bem. Mas antes que eu saltasse, ele disse que na semana seguinte ele faria quarenta anos. Mas iria dar aula. Marcou de ir me buscar na clínica. Como eu previra, decorou o endereço. Depois, abaixando a cabeça para nos vermos, disse, esqueci de dizer que você é boa motorista. Agradeci, e entrei em casa com a cabeça convulsionada.

    A semana passou numa chispa. Quinta-feira era o dia do aniversário do professor. Levantei às pressas, catando roupa, até a empregada estranhou. A faculdade da senhora não é só à tarde?, ela perguntou. Tenho outro compromisso, disse. Engoli um café e fui pra rua. As meninas já tinham saído. E meu marido fora gravar a novela. Sim, era ator de novelas. Estava agitadíssima. Saí de carro e fui para o posto encher o tanque. Seria mais gentil que naquele dia fosse eu a oferecer carona. Já estava pensando no presente que poderia escolher. Rumei para o florista. Achei que seria bonito dar flores de presente, até porque nos conhecíamos há pouco tempo e eu não sabia suas preferências. Dentre as flores, escolhi as do campo. São simples e alegrinhas. Pedi dois tufos ao florista, assim o buquê ficaria bem cheio de afeto. Voltei em casa, tomei banho, me vesti, e fiquei na sala lendo, esperando a hora do almoço. Depois de almoçar, segui para a Villa Pinheiros. Acomodei o buquê na parte traseira do carro, acho que na época eu tinha uma Brasília, e fui trabalhar. Trabalho que dava bastante trabalho, os que passaram por lá sabem. Logo ao abrir o grande portão da Villa para sair, vi Luiz Alfredo ao lado do seu carro estacionado. Ele já havia saltado. (Que bonito ele era!...). Ficou surpreso com as flores, um pouco embaraçado também. Entramos no carro e fomos em direção à faculdade. No percurso, perguntei se ele iria dar aula naquele dia. Sim, respondeu. Não vai comemorar? Perguntei. Não. Ele respondeu. Não? Acho que não. Por que, você tem alguma ideia? Acho que podíamos tomar um chope. Eu disse. Ele ficou em silêncio, depois disse, está bem. Estávamos quase em frente ao prédio da faculdade. Vou avisar lá dentro, disse, e saiu apressado. Deixou a chave balançando na ignição. Voltou animado, dizendo, vamos! Fomos em direção à Lagoa. Lá entramos na varanda de um restaurante vazio e nos sentamos na mesa de fundo. Tomamos uns chopes e conversamos sobre as nossas vidas. Dele, eu soube que era casado há tanto tempo quanto eu e tinha um filho de um ano. Não entramos em detalhes, mas tivemos um panorama da vida um do outro. Naquele momento ele olhou pra fora e disse que estava ameaçando chuva. Eu ainda tinha o que contar. Contei então, que comentara com meu pai a respeito dos quarenta anos dele. E o que ele disse? Perguntou interessado. Ah, se eu tivesse quarenta anos!... Ele sorriu, depois pediu a nota e fomos até a rua da Villa onde eu havia deixado o carro. A rua ficava numa ladeira íngreme e já havia anoitecido. Ele parou o carro, deu a volta nele, e veio abrir a porta pra mim. Um cavalheiro. Tornei a dar os parabéns, e quando fomos dar um beijinho de despedida esse resvalou para os meus lábios. A chuva começou a cair de leve. Gotas, bolhas, sílabas do céu.

Daquele dia em diante, entre nós, estava declarado o namoro (Céus...). Todas as quintas-feiras nos encontrávamos no portão da Villa Pinheiros e íamos e voltávamos juntos da faculdade. Na volta, havíamos descoberto uma ruazinha no alto de Laranjeiras onde raramente passava carro. Ficávamos lá conversando, namorando. Até que um dia eu saí da Villa e Luiz Alfredo não estava a minha espera. Teria se atrasado? Estaria doente? Dei um bom tempo, nada. Antigamente não havia esses aparatos de comunicação modernos. Ficávamos sem saber. Ponto. Resolvi ir para a faculdade assim mesmo. Quando cheguei, fui direto à secretaria do mestrado perguntar se tinham notícias dele. Sim, o professor cancelara a aula. O que podia ter acontecido? Eu me perguntava aflita. Fui assistir as minhas aulas. No final, corri pra casa. As meninas estavam e já sabiam sobre nós, contei para elas da minha aflição. Uma delas se ofereceu para ligar para casa dele. De lá informaram que ele não estava. Sentimentos, esses andarilhos dentro da gente... De repente, ouvi latidos da Ava (nossa pastora belga), lá detrás de casa. Nossa rua era em ladeira. Uma das entradas da casa ficava na parte de baixo, e a outra, no alto. Era de lá que vinham os latidos da Ava. Devia ser por causa do gato do vizinho que de vez em quando passeava pelo muro. A empregada foi ver do que se tratava. Fui atrás. Mal pude acreditar que era o Luiz Alfredo pulando o muro de nossa casa! A empregada sumiu. Enxotei a Ava, que queria comer o Luiz Alfredo... Ele veio me abraçar. Estava chegando das provas do doutorado. Tentou me avisar, mas meu marido tinha atendido o telefone todas as vezes. E como foram as provas? Perguntei. Acho que passei, disse ele me abraçando. Parabéns! Eu disse. Depois pedi que fosse embora porque meu marido devia estar chegando. Abri o portão pra ele. Desci as escadas, fui pra sala, e em instantes o marido chegou. Precisava dar um jeito na minha vida. No meu cabelo também.

No dia seguinte, ao abrir o portão da Villa para sair já estava decidida. Nada como um bom travesseiro, diziam os antigos. Os intempestivos são os infelizes do dia seguinte, quando não, do momento seguinte. Luiz Alfredo lá estava, com seu meio sorriso charmoso, vindo em minha direção. Precisamos conversar, eu disse, dando dois beijinhos. Sim, ele disse, e foi abrir a porta do seu carro. Entramos. É o seguinte, Luiz Alfredo, estou me sentindo muito ligada a você mas acho nossa situação muito difícil, complicada mesmo, inviável, pra dizer o mínimo. Não vai dar certo, pensa bem. A reação das pessoas vai ser muito forte, e eu não quero esse ódio todo voltado contra mim. Me tornar a vilã da história. Sabe que vivemos numa sociedade que protege os homens, não sabe? Vão te poupar, sem dúvida, e mirar em mim. Não nasci para ser martirizada, sinceramente. Por todas essas coisas que virão, esteja certo, acho melhor terminarmos o quanto antes. Tudo é recente entre nós, ainda dá pra pararmos por aqui. Para o meu espanto, ele concordou. É o que você quer? Perguntou. Sim, é o que eu quero. Eu disse. Está bem. Ele disse e silenciou. Abri a porta do carro, agradeci as caronas, mas achei melhor ir no meu carro. Foi o que eu fiz. Entrei no carro e desci a ladeira de ré. Eu sabia fazer isso. Até um dia me esborrachar...

Dei um tom meio almodovariano (*avant la lettre*) desnecessário. Bastava dizer que queria terminar. Agora não adiantava mais. Estava dito. E redito. E é difícil dizer que foi bonito. É inútil cantar o que perdi... Tentava pensar em outras coisas enquanto dirigia; de repente, dei uma olhada no espelho retrovisor e vi Luiz Alfredo me seguindo. Fingi que não tinha visto e desse modo fomos até à faculdade, com ele atrás de mim. Lá, saltei apressada e assim fui até alcançar a minha sala. Me sentei para assistir à aula de Psicofisiologia. Outra dificuldade. Mas essa eu enfrentava. Estatística, não. Na saída, não vi mais Luiz Alfredo. Nem ele voltou a me seguir de carro. Pensando bem, tinha sido melhor assim. Uma situação muito complicada, que eu não desejava enfrentar, além do mais estava numa fase tranquila no meu casamento, minha filha mais velha já tinha se casado e a mais nova estava para viajar, havia ganhado uma bolsa para estudar flauta, passado em primeiro lugar no concurso. Enfim, minha vida estava estável, mansa; eu morava numa casa confortável, estudava, já tinha atravessado os anos turbulentos do casamento, para, de repente, vir um montante de ira em cima de mim. Levaria a pior, sem dúvida. Fiz bem, muito bem, tentava me convencer até chegar em casa.

Passei uma semana acabrunhada. Desandada. Sem pouso certo. A vida tinha se tornado bem menos interessante sem o nosso namoro. Comezinha. Vulgar. O marido perguntava o que havia comigo. Com que cara eu devia estar... O fato é que estamos sempre buscando algo que nos aflija, impressionante. Como também acho que existe uma força particular, que consegue se fazer enquanto tal, e que deixa sua semente.

Na semana seguinte, eu já me sentia melhor, porém, firme na minha decisão. Meu pai dizia, fica firme, minha filha, fica firme. Fui para a faculdade. Quando desci para um mate, lá estava Luiz Alfredo vindo na minha direção. Logo ao se aproximar ele disse que queria conversar comigo. Fomos nos sentar no banco debaixo de uma árvore. A única que havia no pátio. O que você quer dizer? Perguntei. Passei uma semana com muita saudade de você. Olhei para ele, olhei bem para ele (que bonito aquele amor!), e disse: eu também. Reatamos o fio da esperança.

Dias depois estava fazendo prova de Estatística, quando uma colega me cutucou. Tem alguém querendo falar com você. Ela disse, e olhou pra porta. Pedi licença ao professor e fui ver o que Luiz Alfredo queria. Eu já terminei, ele disse, depois da prova você vai ter aula? Tenho mas dá pra dispensar. Eu disse. Te encontro daqui a pouco no café. Voltei à sala e fiquei aguardando a cola. Nem com consulta eu conseguiria resolver aqueles problemas. Tinha um trato com uma colega, ela me dava cola nas provas de Estatística e eu dava cola a ela nas provas de inglês, e assim vínhamos passando muito bem. Fui me encontrar com Luiz Alfredo. Como foi a prova?, ele perguntou. Ótima, eu disse. Não iria comentar sobre a cola, afinal, ele era um professor.

Fomos conversando dentro do carro. Eu, contando histórias, e ele escutando (era excelente ouvinte). Contava naquele momento sobre a festa de casamento de minha filha, que tinha ido muita gente (nossa casa era bem grande) e, no final, quando todos foram embora, ficamos na sala nós, os donos da casa, um casal de tios, uma amiga nossa e um rapaz desconhecido. Você é amigo do noivo? Perguntei a ele. Não, ele disse. É amigo de minha filha? Também não, ele disse. Eu vinha passando pela rua ... Onde estamos indo, Luiz Alfredo? De repente, me distraí contando a história e quando vi estávamos subindo a Niemeyer. Ao Vip's, ele disse. Você não perguntou se eu queria ir. Você quer? Ele disse. Não. Ele deu meia volta com o carro e desceu a avenida. Fizemos um trajeto de volta silencioso. Quase chegávamos, quando ele disse que a luz da sala da minha casa estava acesa. Deve ser a Ava recebendo visitas. Eu disse, e pedi que, pelo sim, pelo não, que ele contornasse a rua. Eu iria entrar pela porta dos fundos. Quando saltava, ele disse: Desculpe por hoje. Sorri e nada disse.

Até aquela data eu cursava a Universidade Gama Filho, pois tinha perdido o vestibular unificado em viagem com o marido. Luiz Alfredo tinha muita vontade que eu me transferisse para a UFRJ (Universidade Federal do Rio de Janeiro), onde ele era professor efetivo. Mas como eu conseguiria a transferência? Eu perguntava a ele no caminho para a Piedade. Você já está transferida. Ele disse. Como assim? Perguntei. Ele fez um sorriso enigmático. Ele tinha conseguido a minha transferência! Em surdina. Como fazia as coisas, em segredo, na moita. Foi assim que eu vim a ser de fato, e de direito, sua aluna. Aluna do melhor professor. E ele era um professor rigoroso, em alguns casos, impiedoso. Lembro de uma senhora idosa que Luiz Alfredo reprovou duas vezes. Na primeira delas ela foi perguntar porque não tinha passado e Luiz Alfredo mandou que ela estudasse. Da segunda vez, disse que ela não sabia português. Quando finalmente a mulher passou, foi agradecer a ele, porque isso a tinha feito estudar, e a se ver com outros olhos. Estava muito grata.

Bem, mas com a transferência para a Nacional vivíamos juntos de um lado ao outro no campus da universidade. Quando não estávamos em aula éramos vistos no bar do seu Astério, almoçando no bar da Marta, no CBPF (Centro Brasileiro de Pesquisas Físicas). Acho que todos sabiam que estávamos juntos, ou desconfiavam. Luiz Alfredo era muito visado. Não só porque era um excelente professor, como também era um homem bonito, elegante (vistoso, diria meu pai), e muito charmoso. E sabia disso.

Minhas filhas já tinham tomado o rumo delas naquele dia e meu marido havia viajado para apresentar um baile de debutantes no interior de São Paulo. Chegamos a minha casa, Luiz Alfredo e eu. Deixa eu abrir a porta, Luiz Alfredo... é questão de jeito... dá um estalinho e a coisa vai... A Ava já está latindo. Pronto, consegui! Não vou te convidar pra entrar para um café. Olha os vizinhos. Te ligo mais tarde, quer dizer, você me liga mais tarde. Vou estar em casa, tenho de estudar para sua prova. É, o professor é de lascar! Ri e entrei.

Ele foi embora. Vem, Ava, ele não vai entrar e você não tem nada de comer o Luiz Alfredo. Comporte-se.

Mais tarde o telefone tocou. Era ele, me convidando para um jantar especial. Queria me levar ao Hansl, um restaurante austríaco, especializado em fondues. E lá tem uma vista muito bonita, ele dizia. Fica na Estrada do Joá. Voilà as intenções do professor... Bem, mas eu iria. Estudei durante toda a tarde e às oito e meia da noite em ponto estava lá embaixo, no início da subida da rua, de chemise, botas pretas cano longo e o poncho preto que minha avó havia feito. A bolsa era sempre a mesma, uma a tiracolo que meus pais tinham trazido de uma viagem ao Peru. Não podia esperá-lo na porta de casa. Temos um vizinho bisbilhoteiro do outro lado da rua.

Logo que nos encontramos tentei saber sobre a prova do dia seguinte. E ele firme, emudecido. "Tough man", como diria uma neta muito mais tarde. E lá estávamos nós subindo a Niemeyer. Luiz Alfredo dirigia rápido, num instante, chegamos. Estava ansioso. Tinha planos, naturalmente. O restaurante era um charme, pouco iluminado, talvez para realçar a vista lá fora e favorecer os encontros, naturalmente. Fomos apreciar a vista. Uma lindeza. As mesas próximas já estavam reservadas. Mas o Rio é bonito de qualquer lugar.

Logo fomos nos sentar e fizemos os pedidos. Fondue de carne acompanhado por um vinho francês que ele escolheu. É um homem sofisticado. Aos poucos fui percebendo que a sofisticação se estendia nele como um todo. Num instante trouxeram os pedidos. E tudo que vinha era grato.

Súbito, escutamos, "boa noite, professor!". Alunos por toda a parte. Até em Paris ele seria reconhecido anos mais tarde. No meio do vinho, tentei conversar sobre a nossa relação. Que futuro teria. Estamos construindo, ele disse. Eu estou indo em frente porque não sei andar pra trás, disse a ele. Mas ele não queria conversar. Estava solto, sorridente, amoroso, queria namorar... Tanto quanto ele se permitia, estava feliz.

Acordei com uma réstia de sol através das cortinas fechadas do quarto do motel. A gente nunca sabe quando vai ser feliz. Distraída é que vem esse sopro, essa luz, essa coisa, esse excesso na coisa, esse rio profundo de se sentir bem.

A história podia ter ficado ali, naquela linda noite estrelada, antes da dor, mas ela prosseguiu. Ganhou força com o manjar austríaco. Professor é um perigo. Viver é um perigo. O fato é que depois daquela noite ficamos mais próximos ainda. Mas antes falemos sobre a prova. Eu já estava em sala quando ele entrou. Como muitos suspeitavam do namoro, sentaram-se a minha volta na esperança de uma cola possível. É sempre difícil colar em prova dissertativa, quando não, impossível. Mas eu faria o que estivesse ao meu alcance. Eu estava segura, tinha estudado bastante. Luiz Alfredo entrou, deu bom-dia e viu onde eu me sentara, é muito observador. Escreveu uma questão curta no quadro negro (tipo, comentem a *República* de Platão). Quase uma prova para o doutorado. Disse que tínhamos uma hora para fazer a prova, com consulta, virou as costas, não antes de jogar o giz que estava em suas mãos no lugar (tinha sido campeão de basquete), espalmar as mãos para tirar a poeira e desejar boa-sorte. Saiu da sala. O alarido foi grande. Como podíamos consultar, dei as dicas de consulta e disse como desenvolveria meu raciocínio. Apesar da questão ser difícil, acho que me saí a contento. Esperava que outros também.

Dizia que tínhamos nos tornado mais próximos ainda. E era verdade. Nos procurávamos sempre que podíamos, e a partir daquela noite havia dia certo para o encontro amoroso. Por volta dessa época, ele abriu um grupo em torno do livro *Da Interpretação*, de Paul Ricoeur. Dava o melhor que podia do seu intelecto prodigioso. Sempre foi muito generoso com o saber. E tudo também era motivo para estarmos juntos. Naquela época, não só andávamos juntos na faculdade, como em todos os lugares. Passamos a frequentar o restaurante Rio Nápoles, na Praça General Osório, ao lado da Bolsa de Arte, onde ele tinha um amigo. E Luiz Alfredo gostava desse trecho de Ipanema, havia morado próximo; gostava do bairro. Já eu, prefiro outros, como o Jardim Botânico, por exemplo, onde um dia fomos morar.

Numa das vezes em que ele foi me buscar na Villa Pinheiros, onde eu ainda estagiava (fiquei até o final da Villa, quando ela então foi fechada), minha filha mais nova foi nos encontrar. Estava curiosa para conhecê-lo. Ele ficou encantado com a beleza dela, e ela também o achou bonito. Mas foi um encontro cerimonioso, de ambas as partes.

Naquela época, eu tinha finalmente voltado à análise. Soube que minha primeira analista retornara ao Rio, e a procurei. Rara era a vez que não encontrava Luiz Alfredo na saída esperando por mim. De lá, então, deambulávamos por Ipanema. Lembro que uma vez, próximo do aniversário dele, eu quis lhe dar uma camisa. Pois percorremos todas as lojas de camisas masculinas na rua Visconde de Pirajá. Que homem difícil de contentar... Ou queria apenas esticar o encontro?

Eu me sentia vivendo em planos diferentes, com frequência me sentia angustiada, mas a palavra dele, moderada, me tranquilizava.

Numa das idas à casa de meus pais, contei sobre Luiz Alfredo. Que tinha me acontecido um novo amor. Mamãe, sempre silenciosa e atenta, pediu que eu tivesse cuidado. E meu pai se interessou pela figura do professor. Em nenhum momento houve julgamento por parte deles, tampouco uma palavra crítica, ou moralizante, pelo contrário, tiveram uma postura respeitosa diante do que eu estava vivendo. Havia grandeza neles. E talvez tivessem intuído que bastava o meu debate interno. O essencial é o aceite, de resto, toca-se em frente.

Naquele momento, próximos como estávamos, Luiz Alfredo disse que ia a Buenos Aires por poucos dias. A passeio, naturalmente. Mas disse também que não queria ir. Por que vai, então? Não soube o que dizer, ou preferia não dizê-lo. Manobra pra tirá-lo de cena. Tinha entendido.

Quando ele chegou de viagem, trouxe vários presentinhos. Todos pequenos, naturalmente, para que pudessem ser escondidos. O pior é a clareza que temos diante das coisas, sobretudo quando amamos... Com o passar do tempo, os signos do homem amado são fáceis de decifrar.

Voltamos ao namoro. Rumamos para a Avenida Niemeyer. Conversava, animadamente, feliz com a chegada dele, e, quando me dei conta estávamos na Barra. Vamos viajar, Luiz Alfredo? Perguntei. Ele estava dirigindo com o corpo duro, retesado. Disse – com o olho no espelho retrovisor –, que tinha um casal amigo com o carro atrás dele. Já foram embora? Voltei a perguntar. Já, ele disse, voltando ao normal. Dependendo do trajeto dos seus amigos, sabe lá onde iríamos parar...

Numa das saídas da sessão de análise, ele estava me esperando com seu filho pequeno. Pequenino ainda, de fraldas e chupeta. Passeamos um pouco com o menino e eu contei que naquela noite iríamos a uma festa na casa da Janete Clair e do Dias Gomes. Nos dávamos com o casal, e eu fiquei bem próxima a ela, que era uma pessoa muito doce. A festa eu achava que era na casa nova deles na Lagoa. Comemoração de final de alguma novela. Logo, Luiz Alfredo foi embora com o menino. Acho que não gostou do assunto. Não o interessava, talvez.

Em outra saída de análise lá estava ele. Enigmático, como quando queria fazer uma surpresa. Naquele dia me levou até o seu carro que estava estacionado adiante e em lugar de abrir a porta, suspendeu o porta-malas do carro fazendo surgir um belo post de Freud que me acompanhou durante muitos anos. Depois dei para minha filha mais velha, que cursava Psicologia, ou já tinha se formado, não lembro bem.

A vida entrava no ritmo. Eu já estava no último período da faculdade. Em breve, me formaria. E já tinha sublocado uma sala para atendimentos. Fora conversar com meu tio que era psicanalista. Perguntar se ele achava que eu já poderia atender. Ele quis saber sobre a minha análise pessoal e sobre a supervisão. Análise eu já fazia havia algum tempo e supervisão ia começar ali com ele, com o dr. Horus Vital Brazil. Benditas as pessoas que nos aquietam o coração.

As coisas se definiam. Eu tinha casa, marido, filhas, estudo, amigos, e ele tinha a vida dele. E éramos amantes nas horas vagas. Abríamos brecha onde fosse possível nos encontrarmos, até um dia em que eu tive urgência de falar com ele, que corrigia provas, mesmo assim não faltou ao encontro na faculdade. Logo que vi seu carro chegar, fiz sinal, ele parou, e eu entrei. Queria conversar longe das pessoas. Estava tensa, arfante, muito ansiosa. Ele percebeu, claro. Mal entrei no carro, eu disse: Estou grávida, Luiz Alfredo. Apesar da pílula. Como vamos fazer?... Ele paralisou-se a meu lado, lívido e emudecido. Depois disse que precisava pensar.

Nos encontramos no dia seguinte. Entrei no carro e ele seguiu em direção a Ipanema. Estacionou diante do mar. Ambos acuados diante de uma situação inelutável. Pedi que ele dissesse alguma coisa, mas ele não conseguia falar. Luiz Alfredo, eu não posso impor a você o que você não escolheu. Que seja responsável pelos seus atos independente de suas intenções. Mas você me transmitiu vida, e isso ultrapassa qualquer entendimento. O bebê é seu, porque meu marido não pode ter filhos. Já havia comentado com você. E se digo isso, é porque ele nunca fez segredo sobre o assunto. Ele então disse que havia pensado. Sua proposta era para que eu saísse da minha casa, e ele assumiria o que fosse necessário. Você não virá conosco? Perguntei. Luiz Alfredo, eu não vou repetir aos trinta e sete anos o que fiz aos dezessete anos, ter um filho sem ter um pai ao lado. Chegamos então a um impasse. Naquele momento, um tringuilim estava parado na janela do carro dele. Ele agradeceu e o rapaz desapareceu. Luiz Alfredo, eu quero ter o meu filho! Silêncio absoluto dentro do carro. Se é o que você tem a me propor então eu vou tê-lo na minha relação de casamento. Quando eu ia abrir a porta para saltar do carro, ele disse: Se você fizer isso eu vou a sua casa e digo que o filho é meu. Saltei chorando e fiz sinal para um táxi. Os deuses nos abandonaram.

Em vez de ir para casa fui para o consultório da analista. Fiquei na sala de espera chorando, aguardando ser atendida. O que você quer fazer? Perguntou a analista quando finalmente abriu a porta pra mim. Ter meu filho e o pai do meu filho. Mas sei que essa é uma decisão sem escolha. Ela silenciou e eu chorei durante quase todo o tempo da sessão. Ao chegar em casa liguei para minha prima, que também é psicanalista. Contei para mamãe também, que se afligiu querendo que eu tivesse o bebê. Minha filha mais nova soube e também queria. Fui à casa de meu tio psicanalista porque fiquei mais ansiosa ainda vendo minha filha ansiosa. O desespero é um redemoinho infindo. Meu tio disse que minha filha tinha ficado ansiosa, não por ficar sabendo, mas porque não havia uma definição. Decidi então procurar o amigo de Luiz Alfredo, aquele que fazia ponto no Rio Nápoles. Recorrer a ele. Estava lá, sentado sozinho na varanda do restaurante. Queria, ansiava, que ele intercedesse por mim. Chorei, em prantos, em pleno restaurante, dizendo que eu estava grávida e queria ter o meu filho. Que não havia feito nada para engravidar, pelo contrário, então era uma vida que insistia e eu queria acolher. O sujeito ouviu tudo impassível. Imóvel e gélido. Defendido até a última mandíbula. Que perda de tempo e de choro. E eu numa angústia compacta, perdendo a cintura a olhos vistos... Rompeu-se a mola da tragédia.

 Fui me encontrar de novo com Luiz Alfredo. Ele reafirmou o que havia dito. Instalado na sua personagem de professor, parecia imperturbável. Chorei. Chorei. Chorei. De nada adiantou. Luiz Alfredo era imune a lágrimas. Resolvi então desaparecer da faculdade. E assim o fiz. Passei uma semana em casa, alheia a tudo. Fazendo o possível para não pensar em Luiz Alfredo. Escutando música, em especial, o disco *The sound of silence*, com a dupla Simon & Garfunkel. Já tinha entregado todos os trabalhos, uma colega ficou de pegar minhas notas. Minhas filhas me rondavam. Meu marido notara que algo acontecia, mas sentia também que não lhe dizia respeito, se refugiou então em assistir filmes antigos. Volta e meia, Luiz Alfredo ligava lá pra casa, eu sabia que era ele porque meu marido atendia e desligava em seguida.

Na semana seguinte voltei à faculdade. Luiz Alfredo me viu de longe. Devia ter um radar no olhar. Veio andando na minha direção. Como eu, estava abatido. Fomos tomar um café no bar do seu Astério. Mudos, os dois. Depois fomos para o prédio da Economia, que estava meio vazio. Nos sentamos num daqueles bancos compridos e ele, segurando minhas mãos, disse que lamentava muito o que eu estava passando e queria que eu soubesse que ele também estava sofrendo. Todas as coisas tem o seu rumo e o seu termo, Luiz Alfredo, nós vamos interromper algo que já tem a sua força própria... Eu dizia. Mas ele não queria tocar no assunto. E então, profundamente tristes, abalados e infelizes, decidimos pelo aborto. Uma fenda na nossa relação.

Estava tão tonta que custei a encontrar o meu carro. Nem sei como consegui chegar em casa. Chorava de quase não enxergar. Antes de saltar, pus os óculos escuros, como sempre saía com eles não estranharam. Assim que entrei, vi mamãe. Preocupada comigo, coitada. O marido não entendia aquele clima de luto instalado de uma hora para outra. Minha filha mais nova e eu não conversamos. Me arrependo de todas as vezes que não conversei com as meninas. Até a cachorra gania sem motivo aparente. Eu estava mal, muito mal. Melancólica, pesarosa, um trapo. O único rumo era a noite certa.

Tudo pode nos acontecer. Não estamos ao abrigo de nenhuma necessidade. Há garras sem piedade. Mas nada disso deve retirar o saber do coração.

No dia seguinte encontrei Luiz Alfredo para irmos juntos à consulta com o tal médico infame. Minha última esperança era que ele dissuadisse Luiz Alfredo do aborto. Durante a consulta tentei levar a conversa para esse lado, totalmente em vão. Luiz Alfredo estava firme quanto à decisão tomada. Passei à sala de exames e o médico me "preparou", dizendo que eu não deixasse de ir à clínica no dia seguinte.

Na manhã seguinte, eu estava na tal clínica, cheia de dores, mal tinha conseguido dormir com as contrações, esperando pela minha prima que iria me acompanhar. Pouco depois ela chegou. Não me lembro em que momento Luiz Alfredo apareceu, mas sei que acordei com a cabeça dele deitada no meu peito. Lembro que ainda fiz carinho em seu cabelo. Tudo estava terminado. Meu filho saiu pela porta dos sonhos.

Passado um mês, eu passeava em Ipanema com minha filha caçula, e a convidei para tomar um sorvete no Morais – eu adorava o sorvete de melão de lá. Chegamos no que deveria ser o Morais e no lugar havia uma loja do Amsterdam Sauer. Premido pelo progresso, o Morais se foi. Para onde teria ido? Eu estava certa do endereço, ficava na Rua Visconde de Pirajá, quase esquina com a Garcia d'Ávila. Que decepção. Os transeuntes a quem perguntei nunca tinham ouvido falar. Mas eram todos jovens... Minha filha então disse que podíamos ir até o Rio Nápoles, lá também tinha sorvete. Eu disse que preferia não ir, não queria encontrar o Luiz Alfredo. Mas quem disse que ele está lá? Vamos, mamãe, vamos, ela disse. E assim fomos. Ultrapassada a curva da rua, vi Luiz Alfredo me vendo. Teria de enfrentar. Fomos falar com ele e o seu indefectível amigo. Depois dos cumprimentos, me sentei frente a frente com ele. Na única cadeira vaga. Seus olhos continuaram nos meus. Minha filha perguntou se eu não queria tomar um sorvete de abacaxi, que eu também gostava. Não, obrigada. E o olhar do Luiz Alfredo, firme no meu. É sempre um instante de beleza nos reconhecermos no olhar do outro. Nesse momento, ele pegou minha mão e disse: vamos! Nos despedimos, beijei minha filha, e num instante saímos às pressas, Luiz Alfredo passava por entre as mesas, me levando com ele. É um rapto?, perguntei. Uma espécie de rapto, ele respondeu sorrindo. Entramos em seu carro e rumamos para o Jardim Botânico, e lá ele entrou no Parque Lage. Assim que estacionou, me deu um abraço quente, saudoso, dizendo que tinha sentido muito a minha falta. E por que eu não atendia o telefone da minha casa? Tentara falar várias vezes comigo. Eu nada disse. Para bom entendedor, silenciar basta. E ele voltou a dizer que sentira a minha falta, a me abraçar e a me beijar, e ali ficamos nos abraçando e beijando até passar um grupo de crianças nos espiando. Saltamos e fomos passear pelo parque. Sempre fresco, úmido, é uma grande área verde no coração do Rio. Em seu centro fica o palacete, para onde nos conduzimos; passeamos pelo terraço, admirando sua incrível arquitetura, e tudo isso, aos pés do Redentor. Se eu fosse religioso, Luiz Alfredo disse, eu diria que aqui é um lugar abençoado. O Parque Lage tem uma linda história de amor em sua criação, ele continuava a falar. Caminhávamos entre plantas e flores e naquele momento estávamos debaixo de uma árvore centenária. Veja que belo tronco, cheio de raízes retorcidas, ele mostrava. Sob essa árvore, quero te fazer um pedido: você quer se casar comigo?

Saímos do Parque Lage combinando o nosso futuro, mas antes que ele acontecesse passaríamos por momentos muito difíceis, eu disse. A notícia aos nossos companheiros era a principal delas. Certamente será uma conversa penosa, difícil, e para nós também, eu disse. Temos de estar preparados. Luiz Alfredo estava ansioso para resolver logo as coisas e ir em busca do nosso futuro lar. E eu iria combinar com minha prima de passar uns dias em sua casa na rua Capuri em São Conrado. Ela era separada e tinha duas filhas. Situação minha conhecida. Mas antes de qualquer coisa tínhamos uma tarefa árdua pela frente. Ele foi me levar a Laranjeiras. Depois de ter me despedido dele e ele ter me feito voltar ao carro para um beijo a mais, subi a ladeira de minha casa. Logo ao chegar, encontrei meu marido e disse que precisávamos conversar. Ele estranhou o tom grave e perguntou o que tinha acontecido. Disse que conversaríamos depois. E foi o que fizemos naquela noite. Saímos para um bar no Leblon. Mal nos sentamos, veio um garçom e ele pediu um uísque, eu, fiquei na Coca-Cola. Logo que as bebidas chegaram eu disse que iria sair de casa. Por quê?

Ele me perguntou absolutamente perplexo. Porque encontrei um professor pelo qual me apaixonei. Mas você se empolga com todo mundo... Ele voltou a dizer. Até é verdade, concordei, mas agora é diferente. Você está me apunhalando pelas costas... Ele disse. Se o verbo é esse, eu disse, estou te apunhalando pela frente, com todas as possibilidades de você se defender. Saímos do bar quase de madrugada, tristes, cansados, sofridos. No final da conversa, ele me pediu para que ficasse mais uma semana em casa, quando então, sairia. Atendi o seu pedido. Estendemos o sofrimento uma semana a mais. No dia seguinte, passei na casa de meus pais para avisá-los. Mamãe queria que eu ficasse em sua casa. Daria um pulinho na Mesbla para comprar roupa nova de cama pra mim. Obrigada, mamãe. E, com calma, eu conversaria com minhas filhas.

Finda a desgastante e sofrida semana em casa, peguei meu fusca e fui para São Conrado, para o alto da Capuri. Minhas filhas, jovens ainda, haviam tomado o rumo delas. A mais velha se casara (já disse) e a mais moça ganhara uma bolsa e fora estudar no exterior. Já me referi a isso também. A casa de minha prima lembrava Friburgo. A doçura e a paz da serra. O frio; as montanhas; a neblina, que a avó chamava de russo; a piscina onde aprendemos a nadar, zanzando para todo lado; o jogo com o baralho das flores, com o baralho dos escritores; o frescor da nascente que bordejava a estrada onde catávamos flores silvestres; o canto da araponga, o sapo que todas as noites vinha dar boa-noite ao meu irmão. Boa noite, Luli, boa noite. Era bom estar ali acolhida, num lugar sossegado, tendo uma solidão só minha. Quando cheguei, minha prima tinha descido para trabalhar e suas filhas pequenas apareceram na porta assim que ouviram barulho de carro. A mais velha se adiantou e disse: Você vai chorar muito, né, tia? Mamãe disse que você iria chorar. Enquanto ela falava o telefone dentro da casa estava tocando. A empregada foi até a porta para dizer que era pra mim.

O telefonema era do marido (deve ter encontrado o número no caderninho que eu havia esquecido). Ele queria que saíssemos para um último jantar. Relutei, mas acabei aceitando sair para um almoço. Jantar é sempre mais perigoso. No dia seguinte, fui encontrá-lo. Durante o almoço, ele não queria aceitar a separação, estava ansioso, exigindo explicações. Eu dizia que a separação não era contra ele, que eu queria uma vida nova, diferente, a vida que o professor representava. Uma vida de trabalho e estudo. E se não der certo? Ele disse. O problema será meu. Respondi. Você não precisa guardar o meu lugar. Eu sentia que ele não entendia, ou não podia entender, que eu me cansara de facilidades, de uma vida de festa, de badalações. Nos despedimos, e foi uma das despedidas mais tristes da minha vida, até porque eu era muito grata a ele, não só pelo que ele me proporcionara, como o que ele havia proporcionado às minhas filhas. Havia sido o pai (possível) delas durante todo o tempo que estivemos juntos. Torcia para que continuassem se vendo depois da nossa separação. Ele me telefonava com frequência, com a esperança que eu voltasse atrás na minha decisão. Mas eu me mantive firme porque senti que tínhamos esgotado a nossa capacidade de ficar juntos. Segui minha intuição. Ia dar um passo difícil na vida, sem garantia, mas não há garantia a priori no amor, a não ser na medida do nosso investimento. O desejo cobra alto. O analista me fez ver que o pedágio desse nosso mundo é caro, e que há que pagá-lo.

> E a gente se afastando
> o coração palpitando
> e uma súbita saudade
> não foi ontem que casamos?
> tanto que juramos, ou inventamos?
> E o chão escorregando
> cadê o pano? O pano?...
> Não sei se findo, ou sou a mesma, indo.
> Choro o que não sei de mim,
> um lago e um sorriso?
> A canção foi um aviso?...
> Breve tempo fomos nós.

Voltei pra Capuri. Assim que cheguei as meninas contaram que o tio tinha passado por lá para me buscar para conhecer a casa nova. Oh, céus! Nesse instante, recebo um telefonema de minha mãe, dizendo que minha filha mais nova, que fora estudar em Genebra, havia se acidentado de bicicleta e fraturara uma das clavículas, e meu pai queria me dar a passagem para que eu embarcasse logo. Ainda bem que eu estava com o passaporte e o visto em dia. Fui tratar disso e deixei recado sobre o que tinha acontecido com a empregada de minha prima, para que ela transmitisse a Luiz Alfredo.

Dois dias depois, eu estava em Genebra. Fazia frio, e minha filha, mesmo imobilizada, foi me buscar no aeroporto. De lá, seguimos até sua casa. Eu não conhecia Genebra, para mim tudo era novidade. A paisagem da cidade, sua limpeza e ordem. Fazia frio, como eu disse, mas era um dia de sol, mas sol no hemisfério norte não esquenta, só embeleza o dia. Ainda estava me adaptando ao ritmo da cidade e da vida da minha filha, quando, dias depois, o correio trouxe uma carta pra mim.

"Livia querida

Hoje, ao final da tarde, a saudade de você ficou mais forte. Tentei fazer coisas, arrumar livros, andar, e quanto mais imaginava artifícios para iludir sua ausência, mais sua presença se fazia forte. Achei que o melhor seria fazê-la presente – folheei o álbum de fotografias, li seus cartões... mas nada, nada atenuava a falta que eu sentia. Resolvi conversar com alguém que, de alguma forma, estivesse ligado a você. Telefonei para o Roberto e a Ana. Roberto estava num ensaio e a Ana estava sozinha em casa fazendo as crianças dormirem. Eram nove horas da noite e resolvi ligar para você. O telefone tocou, tocou, e ninguém atendeu. E a saudade aumentou mais ainda. Queria te ouvir, te abraçar, sentir teu corpo, passar a mão pelo teu cabelo, queria te beijar, queria te amar. Comecei então a escrever. É uma forma de estar com você. O que tenho não é solidão, pois não estou só. Tenho pessoas a quem posso telefonar e estar com elas, enfim, as possibilidades de estar com alguém existem e não são difíceis. Portanto, o problema não é de solidão, é de saudade. A pessoa com quem quero estar e de quem estou sentindo falta é você. E não há substituição possível. Agora, são dez horas da noite. Vou estudar e depois vou me deitar, que é um dos momentos mais difíceis. Sinto que as cartas que estou lhe mandando têm um apelo coercitivo. 'Volte', é o que elas dizem. Mas sinto também que é injusto com sua filha porque vocês não se veem há algum tempo. Fica parecendo, então, que o peso maior é depositado sobre você. É você quem quer e deve ficar com ela, e é você que eu solicito. Mas não creio que seja assim. De certa forma, o tempo buscado com sua filha é valorizado pelo tempo deixado aqui. É porque você tem o que deixar é que pode procurar. E encontrar. Assim o meu 'volte' é também um 'busque'. A procura do tempo perdido não é um esforço para recordar... o tempo perdido não é simplesmente o tempo passado: é também 'o tempo que se perde'... é um exercício de aprendizagem, aponta mais para o futuro do que para o passado. Creio, pois, que você está fazendo a sua *recherche*, assim como estou fazendo a minha. E a saudade faz parte dela. Com amor."

Dias depois, recebo outra carta.

"Livia querida

Hoje é sexta-feira e viemos passar o fim de semana em Araruama com as crianças (o filho dele e os sobrinhos). Papai, mamãe e uma tia completam o quadro.

Agora são seis horas da tarde e já estamos todos exaustos enquanto as crianças continuam com a energia saindo pelos ouvidos. Bundão (o cachorro) está possuído, está dando mais trabalho que as três crianças juntas. Aliás, desde que você viajou ele empreende uma represália sistemática. 1) Destruiu completamente seu disco do Gino Paoli, 2) Comeu quase todas as páginas do seu caderno de endereços, 3) Destruiu quase todas as plantas que estavam ao seu alcance, 4) Voltou a fazer cocô e xixi no tapete da sala. Espero temeroso os itens 5, 6, 7, etc.

Ontem fui à casa do Roberto e da Ana. Batemos um papo agradável e, obviamente, falamos sobre você. Foi uma declaração de amor coletiva. P. (o filho dele) pergunta muito por você e ontem me ditou uma carta que você deve ter recebido. Ele mesmo escolheu o texto e fez o desenho, eu fui ditando as letras e ele foi escrevendo. Ainda pergunta se sua filha caiu do bondinho do Pão de Açúcar e se está com a perna engessada. Acho que vale a pena ela mandar algumas palavras para ele. Já procurei sua prima duas vezes, em ambas o contato foi curto, acho que nossas esquizoidias necessitam da sua mediação. Mas ela e as crianças estão bem.

Quanto a mim, estou bem. Um pouco desnorteado, é verdade, mas bem. Tenho estudado, estou acabando mais um capítulo do livro e a pós-graduação tem me tomado bastante tempo. A convivência com P. é maravilhosa. Tudo está bem, só que falta você! Creio que a coisa pode ser colocada da seguinte maneira: minha capacidade de ficar só é realmente muito grande, quando estou só. Acontece que não estou só, estou com você e voltado para você. Sua falta é sentida a cada momento do cotidiano. Assim não se trata de ter ou não capacidade de ficar só, trata-se de viver a sua ausência. Não é a ausência decorrente da perda ou do desamor, mas a presença do amor ausente. E isso, apesar de ser uma coisa sentida, é uma coisa boa.

Várias horas depois
As crianças já foram dormir, já fiz a minha caminhada e fiquei sentado algum tempo na cadeira, no gramado, olhando o céu. Agora são 11:30 e faz exatamente uma semana que estamos longe um do outro, mas em compensação estamos uma semana mais próximos do reencontro. Inútil tentar escrever sobre outra coisa, o que eu estou sentindo é saudade de você, portanto, é sobre isso que continuo a escrever. Sinto sua falta ao dormir, sinto sua falta ao acordar, sinto sua falta na música que ouço, sinto sua falta no corpo que não abraço, sinto sua falta na viagem, sinto sua falta aqui em Araruama... Como não consigo escrever sobre outra coisa, e como só poderei colocar esta carta no correio segunda-feira, continuarei amanhã. Te amo.

Sábado. 6:00 horas da tarde
O dia foi bonito, apesar de não ter dado pra ir à praia. Estava frio. Quando esquentou um pouco mais, aproveitei pra dar um banho no Bundão. A cerveja que tomamos antes do almoço não teve a menor graça sem você. Dormi um pouco depois do almoço e no fim da tarde fizemos um

longo passeio com Bundão e as crianças. Estamos todos como estávamos ontem às seis da tarde: exaustos. No momento, mamãe está descansando no sofá e papai olha placidamente as crianças fazerem a maior zorra na sala. Bundão e a televisão estão apagados. Eu, consigo escrever uma frase de vez em quando. Como você pode ver, o ambiente não é muito romântico. Acabamos de dar uma bronca coletiva. A novidade do dia foi que meu irmão deu uma rasante, de jato, em cima da casa. Um barulho fantástico. Primeiro, ele passou uma vez para avisar, fomos para o gramado e ele passou mais duas vezes, vindo da lagoa em direção à casa. A alegria foi geral.

Onze horas da noite. Tudo calmo. Filminho na tevê, mamãe fazendo paciência e papai dormindo na poltrona. A noite está linda e está fazendo frio, o que me faz sentir mais ainda a sua falta.

Não falei ainda sobre o seu telefonema. A surpresa foi tão grande que muita coisa ficou para ser dita. Falei com sua mãe para dar notícias de vocês e ela me perguntou sobre seus projetos. Disse para ela que vocês estavam pensando em ir a Paris. Achei melhor pedir a ela que não comentasse nada com seu pai, o que ela também achou uma boa ideia. Se você quiser, você comenta, se não quiser, não comenta.

Bem, amor, fico por aqui. Vou dormir porque amanhã as crianças acordam cedo.

Saudades, muitos beijos

Luiz Alfredo."

Genebra é um dos cantões suíços. A cidade fica na parte sul do vasto Lago Léman; é bonita, limpa e com uma luz fria e penetrante. No centro do lago há um jato d'água, o famoso Jet d'Eau. A cidade tem vista para o impressionante Mont Blanc, e a influência francesa está por toda parte. Os genebrinos são pouco amistosos, frios e ordeiros, e qualquer efusão de sentimentos é censurada. Não devo ter sido muito bem vista na Suíça. Minha filha, lá há algum tempo, estava familiarizada, além de ter outro temperamento. Ela, embora com o braço imobilizado, em função da fratura na clavícula, me esperava no aeroporto (acho que estou me repetindo...), estava receosa que eu lhe apertasse num abraço. Do aeroporto seguimos direto para a casa dela. Um apartamento pequeno, porém simpático. Ela havia preparado uma ceia gostosa. A geladeira estava repleta de cervejinhas e queijos... Delícia.

Fizemos muitos passeios, cada um deles num local mais bonito do que o outro, cidadezinhas lindas... Verdadeiros cartões-postais. E lá estava o Mont Blanc, por toda parte. Mais para o final da estadia, fomos para Paris. Lá, ela ficou na casa do namorado e eu fiquei na casa de uma amiga de Luiz Alfredo. Se não fosse pelo fato de o casal estar se separando, seria perfeito. A casa dela (era casada com um diplomata), ficava na Rive Droite, e eu passava os dias na Rive Gauche, conhecendo Paris. Já tinha estado lá havia muitos anos, mas muito rapidamente, daquela vez havia tempo pela frente. Essa amiga saiu um dia comigo e fez uma série de fotos minhas que guardo com muito carinho. Nem sempre ela estava disponível para passeios, com um filho de apenas três anos. Logo, fiz Paris a pé (como se deve fazer, eu acho), sozinha (como não se deve estar, eu acho). Assim mesmo, foi uma viagem maravilhosa. Ouvia a voz de Luiz Alfredo: você já foi ao Museu de Orsay? Ao Louvre? À Place Vendôme? À Île de la Cité? Ao Champs-Élysées? Não iria dar conta, mesmo. Teria de voltar, de preferência com ele. E foi o que aconteceu tempos depois.

Assim que o avião aterrissou e abriu a porta, fui das primeiras a saltar. Louca para ver o meu amor! Logo que passei pela alfândega, lá estava ele no aeroporto atrás do vidro. Ele e mamãe. Corri em sua direção e nos beijamos através do vidro. Trouxe na maleta de mão queijos e terrines franceses, que ele tanto apreciava, e também garrafas do melhor vinho. Brindaríamos mais tarde a minha chegada. E eu ainda não conhecia o nosso apartamento ao lado do Parque Lage... Deixamos mamãe em casa e fomos direto para a morada nova. Luiz Alfredo havia preparado uma mesa para nós. Com que prazer e elegância ele fazia as coisas... Sofisticado em tudo. O apartamento era uma graça, bem iluminado, cômodos amplos, e na janela que seria o nosso quarto entrava um galho florido do flamboyant em frente ao prédio. Mais tarde, quando nos deitamos, ouvimos um barulho vindo do vidro da janela. Depois outro, e mais outro... O que foi isso, Luiz Alfredo? Perguntei, aflita. Pedras, ele disse. E saiu porta afora.

No dia seguinte, bateram a campainha. Eram dois entregadores trazendo uma televisão. Não tive a menor dúvida que a televisão fora enviada pelo meu ex-marido. Não só pela obviedade do presente (continuar a assisti-lo nas novelas), como pela frase escrita no cartão: *And I am wandering why?...* Frase de uma música cantada pelo Richard Harris, *MacArthur Park*. Maravilhosa. As letras de música haviam pautado a nossa relação passada. Luiz Alfredo nada comentou sobre o envio da televisão. Com o decorrer do tempo percebi que ele era expert em silêncios. E tinha vários. Não disse nada, mas registrou. Registrava tudo que se passava ao redor. Era craque nisso também. Após a entrega da televisão, saímos. Cada qual para os seus afazeres. Naquela noite teríamos um jantar na casa de amigos dele. Já conto sobre a sinistra noite. Antes quero contar que num dos intervalos de consultório, conversei com minha prima sobre Luiz Alfredo. Sempre tive total confiança nela. A ajuda que me deu na relação com Luiz Alfredo durante a vida foi valiosa. Como muita coisa me escapava, e a ela não (os dois tem estrutura parecida), ela apontava as coisas que eu não via, e assim comecei a perceber a interioridade dele, tão distinta da minha... Mas preciso agora falar sobre a soturna noite da qual eu fui vítima. A noite do jantar do Alto da Boa Vista. Lá estavam os amigos de Luiz Alfredo que eu não conhecia, à exceção daquele que fazia ponto no restaurante Rio Nápoles. Antes de alcançarmos o Jardim do Finzi-Contini tupiniquim, passamos pela Estrada das Canoas, onde a cantora Maria Bethânia tem casa e onde um dia, na relação passada, eu fui a um jantar delicioso, com direito a uma "canja" dela e de seu irmão Caetano. Ele tinha acabado de compor *Qualquer coisa*. Uma noite absurdamente linda. Fecha aspas.

Muito difícil a tal reunião, o tal jantar, os tais amigos. Como são difíceis as pessoas formais e frias. Prefiro pessoas que não cumpram formalidades mas que sejam afetivas. E eles não tinham o menor espaço para me receber. O menor interesse em mim. Estavam apenas curiosos a meu respeito. Em ver quem Luiz Alfredo tinha escolhido. Viram, viram bem. Eu também os vi bem.

Voltamos silenciosos dentro do carro. Ele, sem esforço. Eu, me esforçando ao máximo. Na relação com ele eu estava começando pouco a pouco a desenvolver a contenção. No dia seguinte, o vizinho, que mal se dirigia a nós, bateu na porta de nossa casa para entregar uma carta que ele encontrou no chão da entrada do prédio. Luiz Alfredo abriu e leu a carta. Pedi para ler. Ele disse que não valia a pena. Era uma carta anônima. Sim, e aí? Perguntei. Falando a seu respeito. Ele disse. Escarafuncharam a minha vida. Sórdidos.

A carta, tal qual Inês, é morta. Luiz Alfredo não quis voltar a falar nela, muito menos em seu conteúdo. Fiquei curiosa durante certo tempo, depois, esqueci. Até porque jamais fiz algo desabonador (no dizer de meu pai).

Bem, mesmo tendo sido a escolha de vida acertada, eu sentia falta de tudo que um dia me rodeara. A casa, que fora escolha minha, com seus maravilhosos armários embutidos, e suas varandinhas, as meninas e sua intensa movimentação, Ava, nossa cadela hollywoodiana, e até da empregada com a qual eu estava acostumada. Sentia saudade do meu ex-marido também. O fato é que nada acaba de uma hora para outra, as coisas vão terminando devagarinho dentro da gente. Quando nos damos conta, passou. Ou não passa e aí estamos doentíssimas. Uma coisa estava ficando clara: só sabemos o quanto casamos quando nos separamos. Eu estava nesse ânimo meio jururu, quando Luiz Alfredo disse que ia iniciar um novo grupo de Filosofia. Aderi, na hora. Assistir a uma aula de Luiz Alfredo era como assistir a um grande filme, ir a uma exposição de Matisse, ler *Moby Dick*, ir a Paris, etc. Ou seja, era adentrar o mundo da cultura pelas mãos de um grande mestre. Entendia perfeitamente a paixão de suas alunas por ele. Era um iluminado. Puro brilho intelectual. Mas para uso doméstico, era outro. Silencioso. Metódico. Sério. Regrado. Vivia lendo e/ou estudando. De repente, a realidade se tornou grande demais para mim. Naquelas horas, eu me lembrava das palavras de meu pai: sempre que você sentir seu amor esmorecer vá assistir a uma aula de seu marido. Ali, seu amor nasceu. Vá à fonte outra vez. Meu pai, apesar de não ser psicanalista, de vez em quando dava grandes acertadas. Bom, era o que eu tinha acabado de fazer, me incluído no curso dele. Mas não estava adiantando. A vida que eu queria e fui buscar, pouco a pouco mostrava sua cara. Chata. Minha alma começou a se alvoroçar. Teria errado o passo? Me desnorteado? De novo, meu pai. Fui conversar com ele. Assim que meu pai abriu a porta, eu disse: Vou me separar! Por que, minha filha? (Acho que se assustou). Meu marido não fala comigo! Não fala com você? Não. Nada?, perguntou. Nada.

Nem passa o sal? Para, pai! Mas isso é magnífico, minha filha, só assim ele te dá oportunidade de conversar com outras pessoas...

Saí furiosa da casa dele. Mas os dias se passaram e, aos poucos, fui vendo que ele tinha razão. Passei a procurar as pessoas, as relações antigas, como também a fazer novas relações, enfim, fui entrando nos eixos, e comecei até a gostar de ter uma vida tranquila, sem grandes acontecimentos. Até porque os acontecimentos de nossa vida não são "grandes acontecimentos". São grandes dependendo da afetividade neles implicada, mas, em si, são ordinários, no sentido do cotidiano. A vida, na verdade, é essa miudeza. Naquela noite, já de luz apagada, chamei Luiz Alfredo. O guichê já fechou. Disse ele. Ri sozinha no escuro, depois dei meu recado: bom, é pra dizer que amanhã quero ter uma conversa com você.

Um flamboyant na janela e muito amor por detrás dela... Bom dia, amor! Ainda está dormindo? A que horas podemos conversar? Luiz Alfredo se levantou lentamente, voltou a cabeça pra trás, me deu uma espiada, e em seguida foi em direção ao banheiro. Como você dorme, hein! As pessoas dormem, ele disse com a boca cheia de espuma de pasta de dente. Quando nos sentamos para tomar o café, ele abriu o jornal ao lado da xícara (hábito que ele manteria ao longo da vida). Agora vou conversar aquela conversa de ontem, eu disse. Senti que ele não gostou, mas deixou o jornal de lado. É o seguinte, Luiz Alfredo, eu quero um cachorro. Sei que moramos num apartamento, no terceiro andar, não temos empregada, mas eu preciso de um cachorro. Sempre tive cachorro, e quero continuar tendo. Eu gosto do contato com o pelo. Me faz bem. Está bem. Ele disse. Você já disse o que quer. Já ia desviando o olhar para o jornal outra vez, quando eu o interrompi, mas eu também quero a conversa sobre o cachorro. O importante, Luiz Alfredo, é tudo o que se fala, no caso, tudo que envolve o cachorro. A casa de Icaraí, meus irmãos, minha infância... Minha história com o cachorro vai culminar com o cachorro de agora. Já concordei, agora posso continuar a ler meu jornal? Luiz Alfredo, nós não temos vinte anos de casados, olha o élan! Não continuamos um casamento, pelo contrário, rompemos um casamento e estamos construindo algo inteiramente novo: o nosso casamento. Agora é tudo diferente. Uma nova relação. Voltando ao cachorro. Éramos três filhos, então tínhamos três cachorros em casa. Como entre nós não há filho, não quer dizer que não vá haver cachorro. Você me entende? Já entendi. Posso continuar a ler as notícias? Olha aí o marido de vinte anos de novo. Vou providenciar o cachorro, já disse. Gostaria muito de participar também, mas já descobri que você gosta de fazer as coisas sozinho. O vizinho bateu na porta, era telefone para um de nós. Corri para o telefone na casa dele. Quando ficamos juntos, Luiz Alfredo e eu, comprar telefone era caro, portanto, ainda não tínhamos o nosso. Os vizinhos fizeram a gentileza de nos oferecer, em caso de urgência. Fui atender a minha mãe. Queria me chamar para um recital de harpa de suas alunas em sua casa.

Ah, mamãe... Quando voltei, tinha um bilhete debaixo da xícara de café de Luiz Alfredo: fui. Não sei se iria me habituar a esse laconismo. Naquele dia, antes de ir para o consultório, iria aos Correios, levar uma caixa que havia preparado com coisas que minha filha que morava em Genebra havia pedido: guaraná em pó, uma camiseta que eu havia bordado pra ela, e outras coisas que não lembro mais. Minha outra filha também tinha embarcado, para Paris. Dali em diante eu iria frequentar muito os Correios. E foi o que fiz. No início da noite, voltei para casa e Luiz Alfredo já havia chegado. Tudo bem? Eu disse. Vá lá dentro ver quem está te esperando no quarto. Corri. Tinha certeza que era o Bundãozinho, o nosso boxerzinho. Tão lindo! Um pequeno movimento de alegria, dentro de uma caixa, envolto em ternura e lã. Obrigada, meu bem!

Fui ao recital de harpa na casa de minha mãe. Acabo sempre atendendo a seus pedidos. E é sempre o mesmo ritual, as alunas engomadinhas, vestidinhos rodados, laçarote nos cabelos, acompanhadas de suas mães ou madrinhas, empertigadas, a beleza formal da cena. A mesa posta com docinhos, para depois da récita tomarem um chá. Um quadro de meninas de Velásquez. Ano após ano, a mesma cena se repetia na casa de mamãe.

Embora o tempo estivesse enfarruscado, naquele fim de semana iríamos subir a serra, onde meus pais tinham um chalé que ficava dentro de um clube em Teresópolis. Levaríamos o Bundão, claro, ele iria na parte detrás da

Caravan, dentro da caixa que Luiz Alfredo tinha arranjado pra ele. Subir a serra era sempre um prazer, adoro cheiro de eucalipto; assim que o carro alcança o Alto, quando se começa a entrar em Teresópolis, vem esse cheirinho gostoso. Isso sem falar no frio, que é uma delícia. No chalé tem lareira, e é rara vez no inverno que não se dorme com a lareira acesa. Durante quase toda a vida, tivemos casa em Teresópolis. Logo que meus pais se casaram moramos lá algum tempo, e bem mais tarde, construiu-se uma casa boa e confortável, mas era uma casa de cidade, e o chalé, a terceira casa, tinha sido de estrangeiros, puro charme, toda gramada em volta, e no gramado, poucas árvores e muitos arbustos. Naquele dia, nem notei o tempo passar, num instante estávamos na estrada que eu conhecia de cor. Vamos parar no Alemão, Luiz Alfredo? Na volta, disse ele. Ou seja, não pararíamos. A negativa foi só adiada. De vez em quando o Bundão bocejava. Mal chegamos, vimos papai no jardim, nos esperando. Assim que saltei ele perguntou o que tinha dentro da caixa. Um cachorrinho, mostrei. E como se chama? Bundão. Eu disse. Chamou minha mãe para que eu repetisse o nome para ela. Mamãe sorriu quando escutou e papai disse, qual. Papai só chamava mamãe de Acácia, meu bem. Mesmo quando se desentendiam. Assim que entramos ele disse que receberiam amigos para um uísque antes do almoço. Mamãe já estava tirando gelo. O primeiro amigo a chegar, chamou lá do portão: Acácia, nosso bem! Findo o uísque, papai reclamou do amigo o dia todo. Esquece, mamãe dizia. Depois do almoço, Luiz Alfredo e papai desceram para jogar sinuca.

Dei leite para o Bundão, troquei o jornal dele, e fui pra rede ler, enquanto mamãe estudava harpa (levava o instrumento para onde ia). Quando os dois voltaram, perguntei quem havia ganhado. Somos páreo um para o outro, disse papai. Empatamos. Em seguida, papai ficou cercando mamãe para um jogo de biriba. Gostava de jogar cartas com ela porque ganhava todas as partidas; mamãe, distraída, só faltava jogar coringa fora. Diante do convite, mamãe continuou estudando harpa, mesmo sem parar de tocar disse que depois jogaria com ele. Está pensando em que, minha filha? Papai perguntou. Em nada especialmente, eu disse. Gosto muito de você, filhotinha. E eu de você, meu pai. Quando eu morrer você vai se lembrar de mim no meu aniversário? Não só no dia do seu aniversário, não é, papai? Lanchamos conversando sobre as meninas, as notícias que cada um tinha delas, depois deixamos os dois jogando biriba e fomos passear a pé. Luiz Alfredo era um andarilho. Eu gostava de andar, mas não tanto quanto ele. O chalé ficava no alto do clube, caminhamos até a entrada, onde fica a piscina. Na volta, o jogo já havia terminado. Nos demos boa-noite e fomos os dois para o quarto do sótão. O mais charmoso do chalé, com lareira, varandinha, além de ser uma suíte. Dormimos com cobertor de vicunha. Delícia das delícias. Acordamos no meio da noite com papai chamando Luiz Alfredo. Desça rápido, meu jovem! Temos gatuno no jardim! Eu estou levando meu *flashlight*. Acácia vai lhe dar o outro.

Não há sossego. Nem em Teresópolis. Num instante, Luiz Alfredo se vestiu e desceu as escadas. Desci também.

Papai arrumou um ladrão, vamos ver no que vai dar. Vamos devagar, meu jovem, papai dizia, ele pode nos ver e atirar. Morreremos às cegas. Onde o senhor acha que ele está? Ora, na agitação das folhagens, se eu iluminar ele cai fora. Assim ficamos livres, não é? Luiz Alfredo disse. Nesse momento, papai mirou a lanterna e o gambá saiu em disparada. Podemos voltar; disso, ficamos livres. E reparei que você tem *humour... Good humour...*, disse meu pai. Aprecio pessoas assim. Mamãe e eu esperávamos, de pé, atrás da porta envidraçada. Qual, Acácia, qual, um gambá, veja você! Antes assim, disse ela. Voltamos a nos desejar boa-noite e subimos para o nosso quarto. É uma novela, né? Disse para o Luiz Alfredo. É, ele é divertido. Tira a gente da cama tarde da noite, mas é divertido. Meu bem, já que acordamos, vamos aproveitar o resto da noite. Eu disse, abraçando-o. Vou esticar a vicunha na varanda, vem! Estou com ciúmes daquela estrela que está piscando pra você. Eu disse, beijando-o. E naquela noite os vaga-lumes foram as nossas estrelas mais próximas.

Passado algum tempo, Bundão já andava serelepe pela casa, dando inclusive suas corridinhas, quando numa tarde, em que eu tinha chegado mais cedo do consultório e estava na sala arrumando meus long-plays... Aqui temos que abrir outro parênteses. Antes disso, voltando a minha ex-casa, fui buscar meus livros e a mesinha de minha avó; meu ex-marido propôs que, na divisão dos discos, ele ficar com os cantores homens, e eu com as cantoras. Achei justo.

Aceitei. Depois fiquei pensando nos Sinatras perdidos, e outros tantos... Fecha parênteses. Pois estava sentada no chão da sala, distraída, quando começo a ouvir uma voz dizendo, o cachorrinho deve ter caído da janela, o cachorrinho... O cachorrinho!? Saí despencando degraus abaixo, corri até a rua e lá estava meu pobre Bundãozinho arfante, estirado na calçada. Pedi a uma senhora que o olhasse enquanto eu ia pegar as chaves do carro. Voei degraus acima, peguei minha bolsa, as chaves do carro, deixei um bilhete para o Luiz Alfredo e fui levar meu cachorrinho para a veterinária. Lá constataram uma fratura do osso da perna. Iam tentar operá-lo para colocar um pino. A cirurgia era cara. Mas ainda tinham me restado umas poucas joias. Foram-se os anéis, ficou o cachorrinho. De perna dura, mas ficou.

Explicação dada por Luiz Alfredo (sempre foi um detetive, só que ainda não sabia) da queda do cachorrinho: eu havia posto uma pequena estante de livros debaixo da janela, ele trepou nela, daí para o peitoril foi um pulo e então ele perdeu a noção do mundo e, provavelmente tonto, escorregou e caiu. Ok, amor, você tem sempre razão. Eu disse.

Uma tarde, Luiz Alfredo me chamou debaixo da janela da frente do prédio. Pus a cabeça pra fora. Ele pediu que eu descesse assim que pudesse. Seus olhos brilhavam. Desci depressa. Lá embaixo, ele me contou que o apartamento térreo estava para alugar, ele estava com as chaves e queria me mostrar. Entramos no apartamento por uma de suas cinco entradas! Descemos pela escadinha lateral que dava para uma pequena entrada que, por sua vez, desembocava numa varanda, com toldo. Em seguida vinham as salas em número de três. Um lavabo, cozinha e dependências. Tudo amplo e bem iluminado. Uma escada, de degraus largos, levava para os quartos, cinco quartos! Já imaginava reservar dois deles para consultório e sala de espera. E ainda sobrariam três quartos. Havia um banheiro completo na parte de cima. E ainda havia outro andar para lavanderia na parte debaixo. Jamais tinha visto uma casa daquele tamanho! Isso tudo com pequenos jardins e uma árvore na entrada. Luiz Alfredo contou que havia outros pretendentes. Tínhamos de aguardar. A decisão veio dois dias depois. A casa era nossa! Fizemos a mudança num feriado prolongado, só nós dois. Luiz Alfredo chamou dois carregadores para descerem com a geladeira e a máquina de lavar. No final da mudança, exaustos, tombamos na sala tomando uma cervejinha. A vida, às vezes, pode ser bem gostosa. Não me lembro de ter visto Luiz Alfredo tão contente como naquele dia.

Quando ainda morávamos no terceiro andar, minhas filhas começaram a chegar da Europa. Moraram conosco alternadamente por algum tempo. Depois cada uma seguiu seu caminho. Sem contar que os pais de Luiz Alfredo tinham quarto lá em casa. Naquela época eles revezavam entre Araruama e o Rio. Sem contar também que o filho de Luiz Alfredo ia de quinze em quinze dias. A casa vivia cheia. E já que falei de Araruama, ainda não contei que os pais de Luiz Alfredo tinham uma casa na beira da lagoa de Araruama.

Um lugar simples e bonito. Mas mesmo assim, meu coração batia forte pela serra. O frio é mais civilizado. Numa das voltas de Araruama, trânsito congestionado, calor insuportável, chegamos em casa com as crianças, o filho dele e uma priminha do meu lado, e encontramos a porta da varanda escancarada. Luiz Alfredo mandou as crianças ficarem na varanda e entramos os dois no apartamento para constatar o prejuízo. Logo, ele viu o vazio no lugar de sua máquina de escrever, e eu constatei o vazio onde ficava o meu aparelho de som. Levaram junto o segundo CD de *O fantasma da Ópera*, música que eu tanto gostava. Nos quartos, tudo revirado, até os colchões. Nem lembro se Luiz Alfredo foi dar parte à polícia. Mas lembro da sensação desagradável de dormir numa casa assaltada. Antes de dormir, liguei para o meu pai. Mas vocês foram levar o cachorro para veranear... Disse ele. (O cachorro era a Lou Andreas Salomé, que falarei em seguida). Será que o assalto também fazia parte do "pacote" ataque ao casal!?

Quando vão se cansar do ataque? Vão se cansar, Luiz Alfredo? Quando vão realizar que o nosso encontro é definitivo? Breve, disse ele. Lou era nossa pointer. Antes, uma palavra sobre o Bundão, que acabou seus dias no sítio de um primo porque Luiz Alfredo achou, e eu concordei, que no apartamento havia pouco espaço para ele que, mesmo com a perna dura, se desenvolveu bastante. Logo depois da mudança, começamos a sentir saudades de cachorro em casa. E também necessidade, uma vez que passamos a morar ao rés do chão. Foi assim que um dia a Lou foi parar na nossa casa. Resultado de um passeio de Luiz Alfredo com o filho. Não havia quem não gostasse da Lou, jamais rosnou e nem mordeu ninguém. Uma querida e bela pointer branca com manchas cameladas pelo corpo. Lembro que quando saíamos e chegávamos tarde em casa, eu a levava à rua para um passeio, sem coleira. Quando vinha carro, bastava eu chamá-la e pedir que ficasse a meu lado, ela obedecia e o carro passava. Lou nos deu alegria durante quatorze anos. Quando nos mudamos para o Flamengo (conto mais à frente), ela foi para Teresópolis ficar no chalé. Várias vezes subi a serra sozinha para ir vê-la e fazer um pouco de companhia. Depois, mais velha, ela foi para a casa da caseira. Onde estive também diversas vezes. Um dia, a caseira acordou e não a viu. Lou estava dentro da casa dela, deitada como se estivesse dormindo. Adeus, querida.

Ainda uma palavra sobre os amigos de Luiz Alfredo. Voltamos ao Jardim dos Finzi-Contini tupiniquim duas ou três vezes, findos os quais perguntei a Luiz Alfredo se precisávamos voltar lá muitas vezes. Ele então me disse que não voltaríamos mais. Estávamos dispensados de formalidades desnecessárias. Como são difíceis as pessoas gentis e frias. Estou me repetindo. Mas havia uma exceção entre os amigos de Luiz Alfredo. Um senhor, de quem não me recordo o nome, que morava em Petrópolis e cultivava orquídeas. Esse sim, uma flor. Um dia, em almoço em sua casa, ele nos levou para conhecer sua estufa. Quanto cuidado e beleza! E que homem bem-educado... Na polidez, a palavra se eleva de tão fina. Ainda havia outros amigos menos votados, mas excelentes pessoas, um deles era um geólogo que volta e meia aparecia em nossa casa trazendo trovinhas para mim. Poemas são flores verbais, não é mesmo? E o outro era um andarilho como Luiz Alfredo, e os dois se encontravam pelas ruas de Ipanema.

Naquela época, nossa filha mais moça, que ainda morava conosco, estava namorando e engravidou. Notícia que revira a cabeça de qualquer mãe, quando sabe que vai ser avó. Um nascimento muda todos de lugar. Digamos que é a dança das "cabeças". Incialmente, ela pretendeu ter a filha em nossa casa, depois resolveu alugar apartamento e ter em sua própria casa. Saiu lá de casa de mala e barriga. Assim é a vida. Que eu tenha paciência com o que posso resolver, mas devo me abster, eu me dizia. Me habilitei em esperas. O curso mais longo e exigente da vida. Um dia, num final de tarde – como são bonitos os finais de tarde na Araucária, sobretudo no verão, as calçadas ficam repletas de folhas coloridas e crepitantes pelo chão –, eu voltava de uma sessão de análise, o telefone tocou, e era a voz de minha filha dizendo que sua filha tinha nascido! Saímos correndo, Luiz Alfredo e eu. Ele estava tão ansioso, que ao entrar no carro, deu ré, e quase subimos num hidrante. E lá estava, dentro de um cesto, um bebezinho lindo e doirado – a neta que nos traria tanta alegria e mudaria tanto as nossas vidas!

Ainda morávamos no terceiro andar do prédio na rua Araucária, quando comecei minha formação de analista. Um longo período de estudos. Graduação em Psicologia, pós-graduação em Psicologia Clínica, estágio em hospital psiquiátrico, e formação em Psicanálise, no antigo IMP (Instituto de Medicina Psicológica). Quando pensei em atender a primeira vez, fui conversar com meu tio, psicanalista experiente e talentoso. Se bem que já vinha atendendo no departamento clínico da faculdade. Meu tio enfatizou a importância tanto da minha análise pessoal como da supervisão. E foi durante algum tempo meu supervisor. Mas isso foi no início da minha clínica. Tenho impressão que estou me repetindo, que já falei sobre tudo isso. E não contei o essencial porque estou interessada em contar outras coisas. Mas assim que der conto sobre o meu longo e acidentado percurso analítico. Meu "divã em série."

Aprendi muita coisa com esse tio. Mas, recuando no tempo, quando eu tinha dezesseis anos, passei alguns meses em Nova York em sua casa, na época que ele fazia formação. Imaginem ouvir o tio e seus colegas discutirem casos clínicos, falarem abertamente sobre sexo... Aquela seria a minha profissão futura, pensava então. Retornando à Araucária, comecei a atender em casa. Muito bom e confortável, não precisar sair para trabalhar, mas tem os seus senões. Uma vez, numa primeira consulta de uma paciente, ela foi parar na varanda de nossa casa. Felizmente encontrou Luiz Alfredo, que ainda não havia saído para a faculdade e a encaminhou para o consultório. Lembro que ela entrou excitada, dizendo que tinha encontrado o professor... Tempos movimentados. Eu atendia na parte superior da casa e Luiz Alfredo dava aulas à noite na sala de nossa casa. Havia pregado numa das paredes um grande quadro negro que servia também como local de recados. Quando minha filha deixava a neta conosco, o quadro negro ficava repleto de recomendações. É só seguir, mamãe. Ela dizia. Nesse ínterim, ela tinha se mudado para o nosso prédio com a filha, para o mesmo andar, no apartamento da frente. Logo, muitas e muitas vezes ficamos com a nossa neta. Desnecessário dizer o quanto nos apegamos a ela e vice-versa.

A vida corria. Nessa época, comemoramos as Bodas de Ouro dos pais de Luiz Alfredo na nossa casa. Um festão. Boa parte da família Garcia-Roza compareceu. Teve até discurso do meu pai, que em nenhuma ocasião negava lugar de fala. E aqui abro um parênteses para falar das Bodas de meus pais. Não posso falar em Bodas de Ouro sem me lembrar das deles. Minha mãe, no dia, era pura lágrima. Imensa em sua emoção. Muito mais encantada e apaixonada por meu pai. Ele, mais velho do que ela, tinha já uma deficiência visual expressiva e havia envelhecido bastante. Longe estava do jovem garboso que um dia fora, no entanto, aos olhos dela, sua primeira imagem se fixara para sempre. A imagem forte e bela do primeiro instante que o vira adentrando sua casa para pedir sua mão em casamento. E ali, cinquenta anos depois, era a ele, àquele rapaz, a quem ela renovava os votos. Quanto brilho nessa festa de comemoração do tempo... Que belo momento, meus pais!

Voltando onde estávamos, nessa época, também, num dos aniversários de Luiz Alfredo, fui conversar com mamãe, sondá-la para com seu prestígio pessoal convidar um violoncelista para a data. Seria uma surpresa para Luiz Alfredo, que adorava o som do violoncelo. No dia do aniversário, meus pais chegaram acompanhados de um violoncelista que já tinha ganhado vários concursos e estava para ir para a Europa. Foi uma linda noite, de casa cheia de amigos e parentes. Luiz Alfredo terminou a noite sentado de pernas cruzadas no chão ouvindo o violoncelista. Curtindo seu presente. Aproveitamos muito a casa da Araucária. Lá moramos durante quatorze anos, findos os quais mamãe nos chamou para morarmos no apartamento ao lado do seu. Meu pai adoecera e ela precisava de ajuda. Foi assim que deixamos o Jardim Botânico e fomos para o Morro da Viúva, no Flamengo. O que importa é o Pão de Açúcar. O resto é bondinho...

Antes de perder meu pai, mas ele já bem doente, eu vinha rascunhando uma história. Nesse período, Luiz Alfredo andava às voltas com seus livros teóricos. Trabalhava intensamente. Dia e noite. Nas horas vagas, conversávamos sobre literatura. Em casa, nos jantares fora de casa, na casa de amigos, estávamos sempre falando apaixonadamente sobre livros. Paixão essa que nos uniu mais ainda. Nessa época, ele precisou ir a Paris (precisar ir a Paris, é ótimo, não?) a trabalho, pelo intercâmbio do programa. Aqui me dou conta que ainda não falei de uma das suas mais importantes realizações, junto a outros colegas: o mestrado em teoria psicanalítica da UFRJ (Universidade Federal do Rio de Janeiro). A propósito desse programa iríamos a Paris. Embarcaríamos, os dois. Era início de outono em Paris. Uma maravilha completa. Lá, ele passava os dias ocupado, trabalhando, e eu, flanando. Nada mais adequado do que flanar pelas ruas de Paris. Parava em cafés, visitava museus, exposições, galerias, pensando muito em meu pai, na vida e nos sonhos dele. Felizmente foi um homem realizado naquilo que escolheu, sobretudo a escolha amorosa de minha mãe. Para além do amor, eles foram bons companheiros. Acho que meus pais foram felizes porque sabiam dançar o chorinho...

Em Paris, especialmente no café Le Lutèce, parada obrigatória, pensei muito na história que eu estava rascunhando, ela foi ganhando espaço e corpo dentro de mim. A gente se dependura nas palavras a ver se nos dão consolo... Na volta da viagem, submeti o que havia escrito (o que veio a ser o primeiro capítulo do livro) a uma pessoa amiga, que ao terminar a leitura, exclamou: Mas esse quarto está uma bagunça! Seu comentário, aparentemente negativo, confirmou que eu estava no caminho certo. Um quarto de menina (que veio a ser o título) não pode estar arrumado. Dei continuidade ao que vinha escrevendo e assim surgiu meu primeiro romance, *Quarto de menina*, publicado pela editora Relume Dumará, e posteriormente pela editora Record.

Minha escrita teve a ver com a morte de meu pai. À morte, respondi com vida. Mas já estou me adiantando...

Um ano depois, Luiz Alfredo publicaria seu primeiro livro de ficção, uma novela policial, *O silêncio da chuva*, que lhe rendeu os mais prestigiosos prêmios da época: o Jabuti e o prêmio Nestlé de Literatura.

Após a saída da Vila Pinheiros, última clínica pela qual meu irmão passou, ele estabilizou, digamos assim. Jamais voltou ao que um dia fora – sobretudo ao que sinalizara, "prometera", e que todos esperávamos, mas estabilizou. Felizmente, foi sua última internação. Em casa, mamãe o medicava pela manhã em seu suco de laranja. Se por um lado a medicação sustava a agitação, os delírios, as alucinações, os sintomas; por outro, sustava tudo mais. Contudo, meu irmão namorava. E tinha amigas. Uma delas ele conheceu numa das internações e ela passou a frequentar a nossa casa se tornando presença constante entre nós. O afeto, que alguns dizem estar ausente no caso dos doentes mentais, entre eles fluía. Volta e meia se chamavam a atenção quando um deles delirava, e o delírio se interrompia. Cuidavam-se mutuamente, temendo, por certo, mais uma internação. Viviam em outro mundo – suspensos no tempo –, em muitos aspectos bem mais sensível do que o nosso. Rodí sempre agradou as mulheres. Desde garoto. Além daquela amiga, de vez em quando ele nos apresentava a uma namorada. Quase todas solitárias como ele. Figuras antigas, remotas, passadas, algumas, conhecidas do Sanatório de Botafogo, onde ele estivera diversas vezes, outras, de um pub em Copacabana, onde ele era frequentador assíduo. De dia, meu irmão ficava em casa, atendia os telefonemas e anotava os recados de mamãe, ou então sentava-se na poltrona fumando e escutando-a estudar harpa. À noite, ganhava as ruas.

Uma vez, de passagem pela casa deles, estranhei sua ausência. Mamãe disse que ele tinha ido à Caixa Econômica..., seu antigo emprego, que fora o meu também, buscar um documento. Sentamo-nos à mesa para um café, mamãe e eu, e, pouco depois, meu irmão abria a porta com um envelope grande debaixo do braço (tal qual meu pai), andando devagar, como era o seu jeito de fazer as coisas. Nos cumprimentou de longe, e ao passar por mim, parou e me estendeu um dos envelopes. Perguntei o que era. Abra, ele disse, e aguardou que eu o fizesse. Dentro do envelope havia um documento em papel ofício com a contagem do meu tempo de serviço. Para o dia que você quiser se aposentar, ele disse. Quis lhe abraçar, mas me contive, temendo embaraçá-lo. O afeto é feito de miudezas, é isso que é grande.

Nesse período, teve início a doença degenerativa de meu pai que, aos poucos, o deixou afásico. Mesmo assim ele tentava se comunicar, mas as palavras saíam truncadas; no entanto, ele não esmorecia. Papai nunca desistiu de se comunicar. Devia ser sua palavra de ordem. Com ou sem ouvinte, falava. Era tristíssimo vê-lo tartamudeando sem se fazer entender. Volta e meia Rodí e ele se sentavam na sala e iniciavam uma conversa que nenhum de nós acompanhava, e assim passavam o tempo, rindo, gracejando, se divertindo – numa cena comovente, delirando juntos.

Nessa época, já éramos vizinhos de meus pais. Já me referi a esse convite. Estava difícil para mamãe enfrentar tudo sozinha. Apesar de gostar de onde morávamos e estarmos no mesmo apartamento havia tanto tempo, aceitamos o convite e fomos ficar ao lado deles. Papai e ela adquiriram dois apartamentos em um mesmo andar e havia uma porta que os comunicava. Ao nos mudarmos, voltamos a dividir o apartamento. Durante esse período papai emagrecia a olhos vistos (perdia o corpanzil que sempre teve), apesar dos cuidados dispensados por mamãe, que não foram poucos, ele precisou ter acompanhantes e logo esteve acamado por longos anos. Não lembro quanto tempo durou sua doença, mas não esqueço o dia em que morreu. Estava no quarto com mamãe (ele, já com a respiração curta), quando ela perguntou se eu não ia jantar fora com meu marido. Entendi que queria ficar a sós com meu pai. Deixei o telefone do restaurante para onde íamos e, mal chegamos, nos chamaram de volta. Meu pai tinha morrido, deixando, para sempre, a força de sua ausência. Chega-se num sopro, vai-se embora num sopro; e no meio, os ventos.

O velório de meu pai na varanda de uma grande casa em Icaraí foi concorridíssimo. Como ele gostaria. No gramado que ladeava a casa muitos amigos, aqueles que ele amealhara (o termo é dele) ao longo da vida. Lembrei nesse instante de uma de suas histórias... Ele contava que, estando um dia no velório de um ilustre amigo, seu olhar deslizou para a capela em frente e ele viu um sujeito solitário junto a um caixão. Não hesitou; se dirigiu à capela onde se encontrava o homem e, aproximando-se, retirou do bolso um cartão oferecendo-o para caso o sujeito precisasse se ausentar dali por alguma necessidade premente. Esse era o meu pai, que agora ali estava, também ele, deitado, morto, com orquídeas (flor de sua predileção) entre as mãos, sendo velado pela família e por uma infinidade de amigos. A vida, para meu pai, era abrir cada vez mais os braços. Foi um grande sujeito. Por vezes, grande demais para nós, seus filhos. À medida que envelhecia falava muito sobre a própria morte. Sobre seus desejos *post mortem*. Queria que tão logo seus olhos se fechassem colocassem o pavilhão nacional – a minúscula bandeira do Brasil que havia numa mesinha da sala – dobrado em seu coração. E mais de uma vez pedira para que em seu velório eu oferecesse água e cafezinho. Providencie biscoitos também, minha filha, alguns vêm de longe e chegam à míngua. Veja se há cadeira suficiente. Fora muito distinguido em vida e assim desejava o seu final.

No momento da despedida, quando iam fechar o caixão, Rodí se aproximou – calando subitamente a todos. Enfiou lentamente as mãos por debaixo do corpo de papai e alçou-o em seus braços e assim ficou por instantes, imóvel, mirando-o, quando, por fim, beijou o rosto dele e disse: Adeus, meu pai.

O que não faltou a nossa família foi comoção.

Luli, em guerra com todos, não compareceu.

A vida perdera boa parte do seu impacto, do seu encanto, sobretudo de sua graça, com a morte dele. Papai incomodava, era impulsivo, descontrolado, porém indispensável nos momentos sérios, além de muito divertido. Tinha um humor imbatível. Assim via a vida, pelo viés do humor. Com as mulheres da família, minha mãe e tias, aprendi coisas essenciais, mas com meu pai aprendi a rir. Como era inquietante a vida com ele. Quão rica é a figura que expõe seus contrastes. Que não os nega, nem disfarça, e ainda se diverte com a própria "mala suerte..."

Rodí continuou morando com mamãe e vivendo a vida dela. Saía cada vez menos. Recebia as alunas de mamãe e, vez ou outra, assistia às aulas. As "namoradas", aos poucos, foram rareando; ele atendia o telefone quando mamãe estava ocupada, almoçavam juntos os dois, e sentava-se na poltrona ao lado da harpa quando ela ia estudar. À noite, quando mamãe ia se deitar, ele ia para o quarto, no andar de cima da casa, e de lá ligava para lhe desejar boa-noite. Seu filho querido. Preferido, como o sempre fora. E Luli, após duas ou três internações, passou a morar num apartamento alugado por mamãe. Volta e meia aparecia, invariavelmente alterado, provocativo, reivindicador – levando a vida pra trás. Na verdade, Luli vinha gritar pelo lugar dele, mas não havia espaço para mais um doente na família – para uma dor a mais –, além de sua presença ameaçar o precário equilíbrio conquistado. Rodí não se perturbava com a presença do irmão, mas mamãe se sentia incomodada e temia as visitas.

Luiz Alfredo e eu continuamos a publicar. Enquanto eu mergulhava no universo feminino, ele se consolidava como um dos melhores escritores de romance policial do país, tendo criado um detetive admirado por todos: o inspetor Espinosa. Todo dia na hora do jantar temos a sessão nostalgia. Gostar do outro é também gostar do menino que ele foi/é. Menino do Rio, de Copacabana nascendo, crescendo, forte, ágil, pulsante como ele, moço bonito que corria pelas ruas de motocicleta, que mais tarde foi jogar de basquete, e quase se profissionalizou, quando um tio, percebendo o talhe do rapaz, acenou com o mundo das letras, da arte, da cultura. O moço bonito guardou a bola e abriu o livro. E os livros ficaram abertos para sempre, tornando-se seu objeto de amor. Do nosso amor.

Após a mudança para o apartamento ao lado do de mamãe, voltei a acordar ouvindo-a tocar – trilha sonora da minha vida –, como acontecia quando menina. As cenas na casa dela – moviola a repetir indefinidamente o mesmo refrão, tal qual um realejo –, continuavam iguais, pontuais. Mamãe, na harpa, e meu irmão sentado na poltrona ao lado, fumando em silêncio. Os objetos da casa, trazidos de antigas viagens, compunham o decor. Existia uma pureza ali, uma delicadeza no drama humano. Minha mãe envelhecia, e Rodí não mais preocupava, era uma história encerrada (a doença fora o bastante para consolidar o quadro); em compensação, Luli se debatia sem trégua, sem se entender com ele mesmo – com os outros, com a vida. Não sei se por cansaço, ou por medo, ou mesmo pelos dois juntos, esse meu irmão era mantido à distância. Mamãe queria tranquilidade. Paz. Não se sentia com as forças de antes, sobretudo depois que perdera papai. Volta e meia repetia o que escutara do psiquiatra: Esse seu filho não pode voltar a morar com a senhora. Ela então pagava o apartamento onde Luli morava, cobria os gastos, e toda vez que ele aparecia reivindicador, dava o que ele exigia. No entanto, esse meu irmão não ganhava o que desejava, que era um lugar no seu afeto. Com Rodí, o mundo de minha mãe se fechava.

À exceção das visitas de Luli – que se transformara numa pessoa temida por todos –, o cotidiano encontrara seu equilíbrio na casa de meus pais. Não podíamos imaginar que aquele menino bom, doce, sensível, fosse se transformar num homem violento. Essa doença é o cão. E mamãe, depois que enviuvara, estudava dia e noite – ainda na labuta –, preparando-se para gravar aquele que viria a ser o seu CD solo. Tocava lindamente para os seus oitenta anos. Passado o evento do lançamento, que tantas alegrias trouxe, com noite de autógrafos após o seu recital de harpa na Escola de Música, ela continuou a estudar, mas não com o entusiasmo de antes; talvez pensando que uma vez gravado o CD concluíra sua missão.

Um dia, pela manhã, meu marido e eu acordamos com a campainha tocando insistentemente. Corremos para atender. Era mamãe, subitamente alquebrada; pálida, caminhando aos esbarros, se amparando no que encontrava pela frente, até desabar numa das cadeiras da sala. Rodí tinha morrido. De ataque cardíaco. Ela o encontrara caído ao lado da cama. Seu filho. Seu amado filho. Meu marido saiu incontinenti da sala rumo ao quarto de meu irmão. Minha filha mais velha chegou de repente (viera buscar a baixela de prata que eu havia dado a ela) e acompanhou Luiz Alfredo. Abracei mamãe em silêncio; e assim ficamos. De repente, flutuou diante dos meus olhos a imagem de meu irmão pequeno, agachado, de short, jogando bola de gude no quintal. Um menininho. Perdi ali boa parte da infância.

Depois da morte de Rodí minha mãe começou a se despedir da vida. Assim como aconteceu a papai, ela padeceu de um mal degenerativo que a maltratou por longos anos. Idosa, e bastante atingida pela doença, almoçava comigo quase todos os dias; era levada na cadeira de rodas pela acompanhante. A cada um desses almoços eu procurava encontrar algo que a interessasse. Em um daqueles dias pus, num volume alto (sua audição estava sensivelmente diminuída) para tocar, um CD que ela conhecia e gostava. Me distraí, servindo-a, quando a escutei perguntar: Nelson Freire está aqui? Está, mamãe, eu disse, veio tocar para nós. Ela sorriu. Quando o almoço terminou, acompanhei-a até a sua casa e ela então me pediu que fosse levada à harpa. Empurrei a cadeira de rodas e, com a ajuda da acompanhante, a pusemos sentada no banco da harpa. Puxei o instrumento até ela e aguardei. Esticando vagarosamente os braços, mamãe pôs os dedos nas cordas acariciando-as, e então tentou tocar. Por segundos, ali ficou, tateando, quando então balbuciou:

Não posso mais.

Meus olhos equilibravam lágrimas. Eu também não podia mais.

Em seus últimos dias de vida, eu ia dormir em seu apartamento, em seu quarto. Luli também apareceu de uma hora para outra, como era seu feitio, e ficou no quarto de trás. De madrugada, eu acordava com a gargalhada dele, do Boca de Ouro. Que solidão a do delírio.

Mamãe despediu-se da vida mansamente, sem que eu notasse, como fora sua forma de viver. Preciosas foram as horas em sua companhia, minha mãe.

Da família de origem, restamos nós: Luli e eu. Logo que mamãe morreu ele mudou-se para onde Rodí havia morado e o apartamento foi posto para alugar. O teatro foi vendido. E não havia mais plateia. A família sofrera um esvaziamento com a perda de seus atores principais. Fui conversar com Luli, dizer isso, de alguma maneira. Me senti com forças – ser forte talvez seja isso, não achar que tem de ser forte – até porque tivemos um passado de muito amor um pelo outro. Entrei em compasso de Brahms. Encontrei meu irmão calmo, um pouco assustado e surpreso com a minha presença. Finquei a bandeira no jardim de nossa infância. À medida que eu falava, e eu falei bastante – chega um tempo que, como um ventríloquo, a alma fala –, sentia que ele ouvia com atenção, e em momento algum fez apartes. Lembrei a ele seu jeito de menino querido, afetuoso, coelhinho, pedindo então que em nome disso tudo – da nossa história – que fôssemos amigos, que pudéssemos contar um com o outro. Ele nada disse. Porém, fiel a minha memória, meu irmão retornava.

A história devia acabar aqui. Mas prosseguiu.

Passado algum tempo, idoso e combalido, numa artimanha final, no último tempo da loucura, Luli se casou na sala de reunião do prédio, com uma moça que nenhum de nós conhecia, tampouco ele, que a tinha visto uma única vez, e se apaixonara perdidamente, segundo suas palavras. Vendeu o apartamento e foi embora com a moça sem deixar endereço. Perdi também esse irmão. (A gente sempre acha que está perdendo. E está). Inúmeras vezes tentei entrar em contato, mas o número não devia mais ser o mesmo. Não era a primeira vez que rompia com todos. Não amadurecemos para nenhuma perda. A vida está naquilo que escapa.

E o anjo juntou as penas que tinha de si e fez novas asas.

* * *

Tudo passa. Por pior que seja ou por melhor que tenha sido, passa. Eu pensava, sentada, sozinha, na poltroninha de balanço quando as visitas foram embora. Meu marido já se deitara. Atualmente se cansa com facilidade. Chega um momento em que o outro é também uma ausência. Um dia, eu era menina ainda, quando me dei conta que eu era sozinha. Que eu era uma coisa de nada. Desnorteada. Uma garota. Só uma garota totalmente só. Apenas um coração que passa. Eu estava andando de bicicleta na praia de Icaraí quando tive a primeira noção de mim. Precisei parar de pedalar. O tranco foi grande. Entre aquele momento e o de agora transcorreu a minha vida. Essa escansão no tempo é a minha vida. Aproveitei bastante. E sempre tive muita simpatia pela vida. Perdi tempo na juventude, porém talvez essa seja a função da juventude, perder tempo, o tempo perdido não é simplesmente o tempo passado, é também o tempo que se perde, é um exercício de aprendizagem, aponta mais para o futuro do que para o passado, como disse Luiz Alfredo em uma de suas cartas. Depois tive de encarar a vida como ela é. E ela é poderosa. Creio que fiz a minha *recherche*.

Hora de me recolher. A luz do abajur na mesa de cabeceira já estava acesa. Acendo-a cedo, temendo os tropeços. Fechei as cortinas. Juntei os mimos recebidos que deixei sobre o meu lado da cama. Troquei a camisola. Abri a caixinha turquesa que fica sobre a mesa de cabeceira e tomei minhas pílulas. Meu ritual de velhinha. Me deitei e puxei a coberta. À noite, quando me deito, o que desejo é o silêncio do pensamento. Enfim, oitenta anos. Nada que se diga com uma palavra, nem com muitas. Santé!